Senioren erinnern sich –
Ganderkeseer Tiergeschichten

AF289263

Senioren erinnern sich

Ganderkeseer Tiergeschichten

Herausgegeben vom
Seniorenbeirat
der Gemeinde Ganderkesee

Bibliografische Information der Deutschen Nationalbibliothek:

Die Deutsche Nationalbibliothek verzeichnet diese Publikation in der Deutschen Nationalbibliografie; detaillierte bibliografische Daten sind im Internet über http://dnb.dnb.de abrufbar.

Herausgeber:	Seniorenbeirat der Gemeinde Ganderkesee
Projektleitung:	Erika Lisson
Illustration und Umschlaggestaltung:	Mina Geisler
Satz und Layout:	Rita Bande
Projektbetreuung:	Dr. Christiane Geisler
Korrektur plattdeutsche Sprache:	Heinrich Siefer
Verlag:	BoD · Books on Demand GmbH, Überseering 33, 22297 Hamburg, bod@bod.de
Druck:	Libri Plureos GmbH, Friedensallee 273, 22763 Hamburg
ISBN:	978-3-8192-0768-6

Die Karte mit den Ortsteilnamen auf der Rückseite des Buches wurde von der Gemeinde Ganderkesee zur Verfügung gestellt.

Vorwort

Die Herausgabe unseres zweiten Buches aus der Serie „Senioren erinnern sich" liegt bereits einige Zeit zurück. Nun haben wir den dritten Band mit dem Titel „Ganderkeseer Tiergeschichten" in der Hand. In den vergangenen Jahren wurde viel erzählt, geschrieben und in Gesprächsrunden ausgetauscht. Das gemeinsame Erinnern – auch auf Platt – war das Ziel des Seniorenbeirates.

Die plattdeutschen Texte weisen unterschiedliche Facetten der plattdeutschen Sprache – je nach Region – auf. Dass wir dieses Buch herausbringen konnten, verdanken wir den vielen Senioren, die ihre ganz persönlichen Eindrücke und Emotionen geäußert haben und sie hier mit uns teilen, damit sie für die Nachwelt erhalten bleiben. Wir möchten an dieser Stelle an unsere Autoren erinnern, die nicht mehr bei uns sind. Spuren ihres Lebens finden wir in allen drei Büchern unserer Serie. Innehalten beim Lesen und liebevolles Erinnern ist das höchste Ziel dieses Buches.

Ein Buch wird nie erscheinen, wenn man alle Ideen und Texte bearbeiten und berücksichtigen will. Wir bitten unsere Autoren und Leser darum um Verständnis, dass einige Geschichten, die es verdient hätten, nicht mehr den Weg in das Buch gefunden haben.

Die Initiatoren und Macher des Buches sind engagierte Ehrenamtliche und Laien, die sich der Expertise von Fachleuten versichert haben, damit das Werk überall im deutsch- und plattdeutschsprachigen Raum erhältlich bleibt.

Die Keimzelle unserer Bücherserie ist nicht mehr komplett. Rolf Geisler und Uwe Lisson, Vorstandsmitglieder des Seniorenbeirates können bei der „Taufe" des Bandes „Ganderkeseer Tiergeschichten" leider nicht mehr dabei sein. Wir sind darum sehr dankbar, dass die Enkelin von Rolf Geisler, Mina Geisler, als jugendliche Künstlerin die Illustrationen für das Buch sowie den Titel gestaltet hat. Wie schon bei den ersten Bänden gilt erneut dem Einsatz von Rita Bande mit ihrer unentbehrlichen Kompetenz unser ganz besonderer Dank.

Im April 2025

Für den Vorstand des Seniorenbeirates
Jürgen Lüdtke, Erika Lisson

Inhaltsverzeichnis

Überraschung am Morgen

von Ingeborg Biallas

Unser Grundstück liegt direkt am Wald und einer Viehweide. Einen Zaun, weder zur Weide noch zum Wald zur Abgrenzung, gibt es nicht. Das ist von uns so gewollt. Auch haben wir das Grundstück naturnah gestaltet. So hat mein Mann als Abgrenzung der Weide eine Benjes-Hecke gebaut, die er ständig vervollständigt. Zum Wald gibt es einen kleinen Pfad für uns und die Tiere, die uns regelmäßig besuchen. Es sind Hase, Igel, Fasan, und im kalten Winter auch Rehe. Wir füttern sie und haben unsere Freude an ihnen. Stammgäste sind die Eichkater und Singvögel, die das ganze Jahr über mit uns frühstücken. Ihre Futterstelle steht nur zwei Meter entfernt von unserem Frühstückstisch auf der Terrasse. Doch davon wollte ich nicht erzählen.

Es war an einem sonnigen Sommermorgen, als ich die Waschküchentür zum Garten öffnete, um Wäsche aufzuhängen. Bevor ich auf die Stufen trat, sah ich am Boden ein grünbräunlich gefärbtes Häufchen, für mich zunächst undefinierbar. Als ich mich bückte, erkannte ich schnell: Das ist eine Kröte, ein ziemlich großes Exemplar. Die Kröte war tatsächlich zehn Stufen hinunter gesprungen. Sicher hatte sie den Wasserabfluss im Kellerabgang als eine Wasserquelle vermutet. Das arme Tier! Wie lange hatte es wohl dort verbracht? Ich konnte mir schwer vorstellen, dass die Kröte den Weg zurück über die ziemlich hohen Stufen der Kellertreppe schaffen würde.

Also nahm ich mir ein Herz, fasste die Kröte mit beiden Händen, um sie in den Wald zu setzen. Denn unterhalb des schmalen Pfades läuft ein kleiner Bach, die Hahlbäke. Vielleicht war sie ja von dort gekommen.

Es war allerdings nicht so einfach, das mit aller Kraft sich wehrende Tier zum Wald zu tragen. Doch es gelang mir. Vorsichtig setzte ich die Kröte auf den weichen, etwas feuchten Waldboden. Froh, das Tier gerettet zu haben, ging ich zur Waschküche zurück. Doch bevor ich in die Waschküche gehen wollte, entdeckte ich eine wirklich ganz winzige kleine Kröte. Sie kauerte in einer Ecke. Es war das Kind der großen dicken Kröte. Das erkannte ich sofort. Und mir wurde nun auch klar, warum Mutter-Kröte so gestrampelt hatte und sich mit all' ihrer Kraft aus meinen Händen befreien wollte.

Verrückt, aber ich habe mit beruhigenden Worten auf das Krötenkind eingeredet und bin schnellen Fußes zu der Stelle im Wald gelaufen, wo ich Mutter-Kröte abgesetzt hatte. Denn meine Befürchtung war, dass ich die Kröte nicht mehr dort finden würde. Doch kaum zu glauben, das Muttertier hockte noch auf derselben Stelle, wo ich es abgesetzt hatte. Mit ihrem Instinkt hatte die Kröte dort verharrt. Und ich konnte erleichtert Mutter und Kind wieder zusammenführen.

Es war für mich eine wunderbare Erfahrung an dem Morgen, die ich noch den ganzen sonnigen Sommertag in mir getragen habe.

Owomoyela ist wieder Opa geworden – oder wie die Alpakas nach Ganderkesee kamen

von Bernd Vieregge

Wer sein Hobby als Filmemacher so ernst nimmt wie ich, ist ständig auf der Jagd nach neuen Themen. Ein erfolgversprechendes Jagdrevier ist für mich die tägliche regionale Zeitung. So entdeckte ich im Jahre 2013 einen Hinweis auf einen Alpaka-Tag in Ganderkesee. Alpakas? Ähneln die nicht den Lamas und kommen aus Südamerika? Was machen dann Alpakas in Ganderkesee? Sie leben auf der Farm von Rainer Fortmann am Ganderkeseer Weg. Immer zum 1. Advent gibt es dort einen kleinen Weihnachtsmarkt, auf dem Künstler ihre weihnachtlichen Werke ausstellen und verkaufen. Sogar Holzgeschnitztes von der Kettensäge wird angeboten. Und mittendrin gibt es ein kleines Gehege mit Alpakas und einen Laden, in dem Produkte angeboten werden, die aus Alpakawolle gefertigt sind. Das hat mich neugierig gemacht. Damit war der Vormittag des 1. Advent 2013 verplant.

Doch was hat das alles mit dem ehemaligen Werder- und Fußball-Nationalspieler Patrick Owomoyela zu tun? Klar, dass ich jetzt richtig neugierig wurde. Rainer Fortmann kannte ich bis dato nicht. Also stellte ich mich bei ihm vor und fragte, ob er wohl Lust hätte, im Frühjahr mit mir zusammen einen Film über seine Alpakafarm zu drehen. Kamerascheu war Rainer Fortmann nicht, denn der NDR hatte ihn auch schon besucht und das Interview im Fernsehen gezeigt.

Im April 2014 erschien ich mit meinem Konzept, der Kamera, dem Mikrofon und dem Stativ auf dem Hof von Rainer Fortmann. Klar, Inhalt des Films sollte das Interview sein. Dazu ständig Zwischenschnitte, die das Gesagte im Bild zeigen. Das Wetter war gut, deshalb konnte das Interview draußen auf der Weide abgehalten werden. Ideal, die Apfelbäume blühten, und die Alpakas tobten im Hintergrund. Ganz offensichtlich hatte Rainer Fortmann Freude an diesem Projekt, und er erzählte, wie er zu seiner Alpakafarm gekommen war. Immerhin 75 Tiere. Keine leichte Aufgabe, aber aufgrund der angespannten Marktentwicklung der Landwirtschaft, die immer weniger Rendite brachte, nachvollziehbar. Über das Internet erfuhr Rainer Fortmann, wie die Landwirtschaft in Zukunft aussehen könnte, und er stieß so auf die Haltung von Alpakas. Der Bericht überzeugte, zumal es in Ostfriesland einen Bertrieb gab, der Alpakas aus Chile verkaufte. Damit war der Weg geebnet und der Grundstein für eine eigene Alpakafarm gelegt. Und ein Name war auch schon gefunden: „Wittekind-Alpakas". Offensichtlich lässt sich Geld mit der Zucht und dem Vlies der Alpakas verdienen. Das Scheren machen die Fortmanns selbst. Die Tochter Madeleine hat die entsprechende Ausbildung in den USA gemacht.

Geschlachtet werden Alpakas, jedenfalls auf dem Hof Fortmann, nicht. Die Auslese erfolgt durch natürlichen Tod. Somit muss die Herde auch immer durch junge Tiere ergänzt werden. Die Nachzucht erfolgt auch mit Unterstützung von geliehenen Deckhengsten. Damit ist sichergestellt, dass hochwertige Alpakas in alle Welt verkauft werden können.

Ob Stute, Hengst oder Fohlen, jedes Tier in der Herde hat seinen Namen. Stolz zeigte mir Rainer Fortmann den Hengst „Optimist". Während er ihn streichelte, erfuhr ich, dass Rainer

Fortmann ihn selbst mit der Flasche großgezogen hat. „Noma",
schon 18 Jahre alt, ist ein eigener Deckhengst, auf den Rainer Fortmann besonders stolz ist. Er soll angeblich vom besten
Hengst der Welt abstammen. Und Noma schien sich dessen be-
wusst zu sein, denn er stolzierte wie ein König an den Stuten
vorbei, während Rainer Fortmann mir Noma vorstellte. Oder
da gab es die „Windrose" – ein Fohlen von der Stute „Odyssee".
Der Vater war ein geliehener Deckhengst. Odyssees Vater war
„Owomoyela", der damit der Opa von Windrose geworden war.

Fehlt eigentlich noch, warum Rainer Fortmann den Alpa-
kahengst „Owomoyela" nannte. Der in Deutschland geborene
Nationalspieler und langjährige Werder-Fußballer Owomoyela
hatte eine Frisur, die der des Alpakafohlens ähnelte. So emp-
fand es ein Kunde von Rainer Fortmann. Damit stand der Name fest.

Übrigens: Alpakas spucken nicht. Das macht sie noch sym-
patischer.

Heute wird die erfolgreiche Alpakafarm von Madeleine Fortmann, die weltweit als anerkannte Züchterin und Richterin im
Einsatz ist, geführt.

Mien leevste Gockel

von Professor Nikolaus Harders

Wo een Höhnerhoff is, dor mutt ok 'n Gockel sien. Anns gifft dat keene Küken. Dat wuß ok unse Mudder. Se wör op 'n Lan'n groot worden, in een groot Huus bi Osterholt-Scharmbeck. Un ik weet noch, dat se bi'n Kriegsbeginn to uns veer Jungens meen: „Nu bruukt wi Höhner, dormit dat ok Eier to'n Eten gifft!" So hebbt wi denn bi uns Nahber Eier in de Kluck ehr Nest leggt un se hett de ok fein warm holln un na so ümto dree Weeken kömen denn de lütjen Küken bi un pickten de Eischell twei un krabbelten üm de Kluck rümm. Dat wör een lustig Volk antokieken mit ehr hell geel Daunenkleed, wo ehr na en poor Daag an de Flünken de ersten Feddern rutwussen. Wi Jungens kunnen meist nich töven op de Metamorphose, de bi de lütten Vagels Dag för Dag en neiet Utsehn bröch. De Körper so lütt, un de Been mit de Krallen so groot. Wat 'n Wunner wör dat allns. Un jümmers wörn se tohoop un de Kluck wieste de Lütten all'ns üm ehr to. Ok dat Scharrn in de Eer mit de kralligen Been lehrden de lütten Deerter so gau as dat güng. Hest dat mal seh'n, wenn se mit de Fööt „rechts-links" de Eer wegstött un denn een Schritt na achtern makt un nakieken doot, wat dor nu freeleggt is un villicht wat to eten ut de Eer kiekt?

Nu wörn se also op de Welt, stellden sick ok mal piel na baaben un profden ehre lütten Flünken. Dat wör di wat! Un wenn se denn mal een Regenwurm bi'n Wickel harrn un de Striet güng los, em to verteern. Wat een Leven!

Un denn wuss op de Köpp een lüttje Kamm tohöcht. Wo

groot mugg he woll warden? Nu köm rut, wokeen later de Eier leggen kunn. Un bi de annern kunnst marken, dat se sick
kabbelten. Un wenn wi mal bunte Höhner harrn, denn geef dat
ok mal Hahns, de een schönen bunten Steert harrn. Dat wör
staatsch antokieken.

Blot de gräsige Kabbelee bi de Hahns, de güng faken so wiet,
dat de een vun jüm to Grun' köm, nich mehr goot leven kunn.

Ik will di hier man vun een Gockel vertelln, de to mi wör as
een Fründ. Dat wör to de Tied, as ik all Student wör. Wenn
ik in den Höhnerhoff Fudder bröchde, dat uns Mudder mit
Kleie tosaamenmixt harr, denn stunn de Gockel blangen mi
und lockde sien Höhnervolk op siene eegene Ort, pickte op den
Löpel, ahn den Snabel dorbi op to maken, bit se all dor wörn
un wat to freeten harrn.

De Weg vun uns Achterdöör na den Bahnhoff güng an den
Tuun langes, de den Höhnerhoff na den Gemüsegorn aftrennde.
Dor güng ik oft noog lang un de Gockel wuss dat un schuuulde
na mi röber. He güng op de anner Siet vun den Tuun un keek
mi na. Keem ik later an'n Dag wedder torügg, stunn he dor
un töffde op mi. Denn leggte he sienen Kopp heel stramm an
den Maschendroht un lengte dorna, dat ik em mit miene Finger
Kopp un Bort striegelte. Wuss he, keen ik wör? Kunn he mi
wat vertell'n ut sien Daagwark, ut de Tied, wo wi uns nich
seihn hebbt? Wat weet he vun Tied?

Un doch hört he to de, de över de heele Welt mit den Hah-
nenkrei den Weckruf anstimmen deit.

Falken

von Jochen Brünner

Im Kirchturm unterm Glockenbalken
nistet seit Kurzem ein Paar Falken.
Der NABU hatte wie berichtet
einen Neubau dort errichtet.
Kaum war der Kasten fest montiert,
hab'n Falkens sich dort einquartiert.

Alsdann beschließt das Falkenpaar:
Es ist ein gutes Mäusejahr,
drum lass' uns ein paar Eier legen,
um uns'ren Arterhalt zu pflegen.
Das Paar tat, was ein Paar so tut,
nach gut vier Wochen schlüpft die Brut.

Der Ortsverein hat ungeniert
eine Kamera installiert.
Die filmt das heile Falkenleben
rund um die Uhr, „Big Brother" eben,
wie Weib und Terzel Liebe schenken –
ganz ohne Datenschutzbedenken.

Die Piep-Show geht seitdem viral
als Livestream im YouTube-Kanal.
Den schauen auch von Zeit zu Zeit
die Nachbarn Dohle, blass vor Neid.
Sie hab'n im Turm nichts mehr zu melden
und wär'n so gern auch YouTube-Helden.

In'n Muttenstall

von Hanna Drieling

Wiel dat ik up'n Buurnhoff groot wurrn bin, harr ik jo ok immer mit Deerten to doon. Ik moß ok att Schooldeern mit helpen. Lüttje Farken in'n Muttenstall harrn mi dat andoon. De weern jo so sött, man kunn se immer so knuddeln. Mannigmol weer de ole Sau ok so vergrellt, dat se na de Farken snau'n de, dorum keem de Mutt in een grooden Holtkasten ut Latten. Dor passde se ganz rin. Wenn se sick hinpacken de, kunn' de lüttjen Farken ehre Melk anne Titten drinken, soveel Platz weer dor in. Wenn Vadder mal keen Tied harr, dor immer na to kieken, hebb ik em de Arbeit affnahmen. Mit een lüttjen Hocker un een Romanbook hebb ik mi dat dor kommodig makt. Ik moch jo to geern lesen. Ik heff dor up töfft, dat woller een Farken geborn wurrd. Vadder harr een Rotlichtwärmelamp uphungen, somit weer dat moi warm vör mi un de Farken. Ganz veel Stroh leeg dor ok, immer, wenn een Farken geborn weer, heff ik dat mit Stroh affreeben, dormit dat nich so natt weer. Dorna leegen se fein kuschelig unner de Lamp. Se leepen ok na vorne na ehre Mama, over de kunn ehr jo nix andoon. In Ganzen weern dat so twolf bit veerteihn Stück. Dat seehg to putzig ut, de lüttjen Glücksswien'n, so rosig, ik kunn mi dorto legen. Een Weekenend wull mien Fründ mi to'n Danzen affholen. Wiel dat de Mutt over farken wull, bin ik nich mit em föhrt, dat wull em nich in'n Kopp, dat mi de Muttenstall wichtiger weer at dat Danzen! Dat weer mien Belevnis mit Mutt un Farken.

Unser „Nachbarschaftsschwein"

von Heide Beier

Wer mit der Zeit geht, ernährt sich heute vegetarisch oder gar vegan. Das war nicht immer so. Während der knappen Kriegs- und Nachkriegsjahre hielten die Familien, um eine ausreichende Ernährung sicherzustellen, eigene Hühner, Kaninchen oder auch gar ein Schwein. Unsere Mutter erwarb, meist durch Mitarbeit auf einem Bauernhof, in jedem Frühjahr ein rosiges Ferkelchen, das dann den frisch gekalkten Stallraum bezog.

Unsere Schweine erhielten alle den Namen Kurt. Kurt begrüßte uns stets durch ein erwartungsvolles Quieken, wenn meine Schwestern und ich an seinem Stall vorbei und hinaus in den Garten sprangen. Riefen wir dann: „Kurt, hopp; spring!", dann sprang auch Kurt durch seine offene Luke hinaus in einen umzäunten Auslauf. Gleichwohl war eines Tages im Winter „Schlachttag".

Ich erinnere mich, dass die Schweine vorher zum Wiegen auf eine öffentliche Waage getrieben wurden, um das verbindliche Gewicht zu ermitteln. Ein festgesetzter Anteil des Fleisches musste zur allgemeinen Verteilung abgegeben werden. Da war sich unsere Nachbarschaft schnell einig: Es wurde jedes Mal dasselbe, und zwar das kleinste, leichteste Schwein der Straße zum Wiegen gebracht. Eine erfolgreiche Praxis! Aber ich erinnere mich wohl, dass einmal ein Schwein mit einem blauen Stempel auf dem Rücken zurückkam, und die Erwachsenen sich ein wenig betreten begegneten.

Später wurde die Geschichte mit einem wissenden Lächeln erzählt: „Weißt Du noch?"

Ein Überraschungsgast

von Holger Schobert

Es muss Anfang der sechziger Jahre gewesen sein. Meine Familie saß Heiligabend noch in gemütlicher Runde, als es um ca. 21:30 Uhr ans Wohnzimmerfenster im ersten Stock klopfte. Tack, Tack, Tack – Pause – Tack, Tack, Tack – war zu hören, aber im schwachen Licht der Straßenbeleuchtung war nichts zu sehen, daußen vielleicht ein winziger Schatten. Meine Mutter öffnete vorsichtig, etwas ängstlich, den Fensterflügel und schwups sprang ein schwarzes Etwas über die Couchlehne auf den Tisch und beäugte erst einmal die weihnachts-üblichen Leckereien.

Eine ausgewachsene Dohle fühlte sich zu unserer aller Verwunderung sofort häuslich. Gelegentliches Umherflattern im Wohnzimmer brachte viel Unruhe und die Furcht vor Zerstörung; die Tannenbaumkerzen brannten zum Glück nicht mehr. Das Fenster wurde darauf weiter geöffnet, in der Hoffnung, der Vogel zieht nach der Aufwärmphase die Freiheit vor. Aber nein, es schien ihm gut bei uns zu gefallen.

Kleine Keksbrocken auf dem Tisch wurden sofort vernascht, und auch an den Glasneigen alkoholischer Getränke auf dem Tisch wurde genippt. Die machten aus dem Vogel einen Kunstflieger auf kleinem Raum; immer wieder zog es ihn zu den kleinen Getränkepfützen, mengenmäßig nicht viel, aber doch von durchschlagender Wirkung. Zehn Minuten war er wie aufgedreht, um dann auf dem Wohnzimmerschrank in Tiefschlaf zu verfallen. Alle rätselten, was nun zu tun war, denn im Wohnzimmer konnte er nicht bleiben, aber aussetzen konnten wir ihn auch nicht, da er anscheinend an Menschen gewöhnt war. Aus hygienischen Gründen schafften wir die Dohle ins Badezimmer, wegen der leichteren Reinigung. In der Folgezeit führten die Anmeldungen beim Fundbüro und Entflogenen-Anzeigen in der Zeitung nicht zum Erfolg der eventuellen Rückführung zum Vorbesitzer. Im Bad konnte das Tier auf Dauer aber auch nicht bleiben. Also beschloss die Familie, es auf dem nicht ausgebauten Dachboden einzuquartieren. Dort war es dem Vogel zumindest auch noch möglich zu fliegen.

Zu Beginn des Frühlings stellten wir fest, dass der Fußboden unter dem Dach seltsam zu glitzern anfing. Dohlen sind sehr neugierig; und so hatte unser schwarzer Rabauke in den Kartons gekramt und alle Weihnachtskugeln Stück für Stück herausgezogen, mit in die Luft genommen und fallen gelassen. Eine schöne Bescherung. Mitte des Frühlings gab es noch eine Überraschung, wir hörten laute und deutliche „Jacob“-Rufe von oben. Der Vogel muß also doch irgendwie bei Menschen zahm geworden sein und hatte einen Namen. Wir entließen ihn in die Freiheit.

Drei bis vier Wochen war von Jacob nichts zu sehen und zu hören, bis er eines Abends durch das Oberlicht im Bad, das eigentlich immer offen stand, ins Haus zurückkehrte. Kaum angekommen, wurde erst einmal im Spülwasserbecken fürs WC, wie üblich oben an der Wand angebracht, gebadet, um es sich dann hinter dem Badeofen für die Nachtruhe gemütlich zu machen. So ging es nun den ganzen Sommer über. Der Reinigungsaufwand war natürlich erheblich.

Im Dorf hatte es sich mittlerweile herumgesprochen, dass wir einen Vogel haben, und so war natürlich auch bekannt, an wen man sich wenden konnte, wenn der Vogel irgendwo auffällig wurde. Vom Rathaus bekamen wir Anrufe, wir möchten doch bitte den Vogel wegholen, weil er auf den Schreibtischen der Amtsstuben alles durcheinander brächte, Gegenstände entwendete oder sonst Unruhe stiftete. Auch in der Schule an der Langen Straße (damals Volksschule) war er häufig bei der Lehrerschaft ungern gesehener Gast, denn in den Klassenräumen sorgte er natürlich bei den Schülern für eine willkommene Unterbrechung des Unterrichts. Jacob irgendwo abzuholen war nicht so schwer, wie man es sich vielleicht vorstellte.

Wir merkten schon bald eine besondere Affinität zu meinem gleichaltrigen Vetter Peter. Sobald der Vogel Peter sichtete, flog er sofort auf dessen Schulter und blieb sitzen, bis er abgeschoben wurde. Anfassen und streicheln ließ er sich von Peter sehr gern, aber Peter durfte seinen Kopf nicht zum auf der Schulter sitzenden Vogel drehen, dann wurde ihm mit klackenden Geräuschen ins Gesicht gepiekt.

Um den Aufwand mit Jacob zu minimieren, und da Peter nicht immer abrufbar war, wurde ein großer Käfig gebaut, der dann im geschützten Eingangsbereich unseres Hauses stand. Ab und zu öffneten wir die Tür, um Jacob Ausflüge zu ermöglichen, was er zu Beginn auch gerne nutzte. Die Abwesenheitsphasen wurden mit der Zeit aber immer weniger, und eines Morgens fanden wir Jacob tot im Käfig ohne jegliche vorherige Krankheitserscheinung.

Wir waren alle sehr traurig und vemissten den putzigen Kerl sehr!

Ganderkesee und sein(e) Ganter

von Ecco Eichhorn

Einigkeit bestand nach mündlicher Überlieferung bei den Bewohnern der umliegenden Bauerschaften darin, eine stattliche Kirche im Gau zu bauen. Uneinigkeit spaltete allerdings die Menschen wo das Gotteshaus gebaut werden sollte. Jede Bauerschaft beanspruchte die Kirche für sich, ganz in ihrer Nähe. Also wurde beschlossen, einen Gander (niederdeutsch, bedeutet: Ganter) fliegen zu lassen. Die Gaukirche sollte an der Stelle entstehen, an der der Gander landete. Vermutlich ließ sich der Gander an einem kleinen See nieder und kam endlich zur Ruhe. Seinen Landeplatz könnte man am „Gander-schen-see" bezeichnen. Dort – in Ganderkesee – steht heute die wunderschöne St. Cyprian- und Corneliuskirche.

An diese Überlieferung erinnert man sich gern. Und als nach dem Zweiten Weltkrieg die politische Gemeinde Ganderkesee erwachte, entschieden sich die Bürger, den Ganter – ihren Ganter – ein zweites Mal landen zu lassen, als Wappentier der Kommune.

Zoologisch betrachtet handelt es sich bei unserem Ganderkeseer Wappentier um einen Zugvogel aus der Gattung der Gänsevögel, der es vorzieht, als Paar und in Familie zu leben. Die Familie des Ganters mit seiner Frau, der Gans, und seinen Kindern, den Gösseln, genießt hohes Ansehen bei uns Menschen. Als gebratene Martinsgänse schmecken sie uns besonders gut, heißt es doch in Berlin: „Eene jut jebratene Jans is ne Jabe Jottes." Sie werden aber auch anerkannt als aufmerksame Haustiere, die wegen ihrer Wachsamkeit früher vor den Stadttoren und auf den Höfen gehalten wurden.

Mythologisch bedeutsam nahmen Ganter/Gänse früher immer eine besondere Stellung ein. In den ägyptischen Schöpfungsmythen hat die Gans als Weltenschöpfer das Welten-Ei gelegt, aus dem die Sonne geschlüpft ist. Den griechischen weiblichen Gottheiten waren sie heilig. Chinesen, Inder und andere asiatische Völker betrachteten sie als Mittler zwischen Himmel und Erde.

Aber zurück zu unserem Ganderkeseer Ganter. Unsere Gemeinde ist nicht die einzige politische Institution mit einem Tier im Wappen oder in der Flagge. Das Bundesland Niedersachsen führt voller Stolz ein weißes aufsteigendes Ross, Berlin schmückt sich mit seinem Bären, das Land Brandenburg mag den Adler und Hessen hat den Löwen im Wappen, um nur einige Beispiele zu nennen.

Nun gibt es darüber hinaus aber auch politische Gemeinwesen, in denen die Wappentiere künstlerisch verwertet werden, weniger kommerziell als viel mehr für gute wohltätige Zwecke. In Berlin z. B. dient der *Buddy Bär* der Völkerfreundschaft, in Barnefeld (Niederlande) generiert das Huhn Geldspenden für Menschen, die Hilfe benötigen und unterstützungsbedürftig sind. Das sind nur zwei Beispiele, die mich inspiriert haben.

Auf einmal, plötzlich, machte es Klick bei mir. Ein Blitz, ein Gedanke, eine Idee, eine Vision . . . Warum entwickelt keiner unser Wappentier, den Ganter, zu einem Kunstwerk?

. . . als manns-/frauhohe Skulptur,

. . . als künstlerisch wertvollen Gegenstand,

. . . vervielfältigt als Ur-Ganter,

. . . äußerlich individuell, immer neu farblich gestaltet,

... als unverwechselbare und einzigartige Unikate,

... für einen guten sozialen Zweck.

Das war 2006 die Geburtsidee und -stunde für *GanterART e. V.*, einem kleinen Kunstverein mit sozialem Gewissen. Der Ganter, unsere Ganter – als Skulpturkunst – könnte

... viele Male in Ganderkesee landen,

... den öffentlichen Raum verschönern,

... eine Bindung Bürger/Wohnort herbeiführen,

... Gewerbetreibende mit Ganderkesee identifizieren,

... zum unverwechselbaren Image der Gemeinde beitragen,

... unsere Kommune mit einem Alleinstellungsmerkmal auszeichnen,

... durch Politik und Verwaltung werblich genutzt werden.

Mitstreiter, Förderer, weitsichtige Bürger, Kunstinteressierte, Menschen, die über den Tellerrand hinaus blicken, keine Bedenkenträger (!), haben sich diese Idee mit Zukunft zu eigen gemacht und zum Erfolg geführt. Eine Vision wird wahr. GanterART fördert soziale Projekte in der Gemeinde mittels Kunst, hauptsächlich inklusive Vorhaben für Menschen mit und ohne Behinderung. Und – als ob alle in Ganderkesee darauf gewartet hätten – tauchen plötzlich neue Namen auf und beziehen sich auf unseren Ganter wie z. B. GanterMarkt, Ganterkicker, Ganterfoto, GanterMobil u. v. m.

In den letzten Jahren sind schon rund 100 Ganter gelandet, nicht nur in Ganderkesee und umzu, sondern auch in anderen Orten und Bundesländern wie Bremen, Bayern, Baden-Württemberg und im europäischen Ausland.

Ja, Ganderkesee und sein(e) Ganter. Wie geht es weiter? Die GanterART-Ganter vermehren sich und werden auch zukünftig hier und dort landen. Das Delmenhorster Kreisblatt in der Ausgabe vom 19. Dezember 2016 bezeichnete Ganderkesee bereits als „Ganter-Gemeinde".

Der Ganter

von Jochen Brünner

Alexander war ein Ganter,
der wünschte sich, er wär' ein Panther:
Ich wäre in der Kunst bekannter
und mein Leben interessanter.

Müsst' ich auch hinter Stäben leben,
ich würd' in anderen Sphären schweben,
überschaubar meine Pflichten –
und Rilke würde von mir dichten.

Ein Vorhang wäre die Pupille,
jeder Schritt bewegte Stille,
und zeigte ich kurz mein Gebiss,
wäre mir Respekt gewiss.

Zwar sähe ich die Welt in Streifen,
doch auf die Aussicht würd' ich pfeifen.
Für das, was da noch kommen mag,
jenseits des St.-Martins-Tags.

Frühlingsbrausen

von Rolf Augustin

Es kommt immer wieder einmal vor, dass ich das Essen zubereite, während meine Frau noch unterwegs ist. Heute ist das erneut der Fall. Auf dem Speiseplan steht ein Standardgericht: Kartoffeln, Wurzelgemüse, ein Kotelett und ein Fleischspieß. Beim Kochen gibt es immer wieder Pausen, weil das Gemüse kürzer oder die Kartoffeln länger kochen müssen. Ich habe mich so auf 23 Minuten Kochzeit bei den Kartoffeln eingerichtet. Das Fleisch hat noch Zeit, weil es ja nicht hart werden soll. Aber was in den Töpfen brodelt, ist heute eigentlich Nebensache, denn ich will ja über das „Frühlingsbrausen" schreiben. Ich habe also alle Zeit der Welt und auch die Muße, aus dem Küchenfenster zu schauen, um das Leben und Treiben auf dem Rasen vor unserem Haus zu beobachten.

So, nun bin ich endlich beim Thema!

Auf dem Rasen, in den Bäumen und in den Sträuchern vor dem Fenster ist tatsächlich ein Frühlingsbrausen zu beobachten, das es in sich hat! Es sind vor allem die Amseln – ursprünglich einmal Waldvögel – die das Geschehen bestimmen. Sicher, wir haben auch viele Meisen, Rotkehlchen, Zaunkönige, Buntspechte und Finken im Garten, aber vor allem Amseln.

Manchmal habe ich den Eindruck, dass sie spinnen, weil sie sich verhalten, als seien sie nicht ganz bei Trost. Erst hüpfen sie meterweise herum, rennen wie angestochen einige Meter, dann fliegen sie mit lautem Gekreische in den nächsten Busch. Plötzlich schießt aus einer anderen Ecke eine weitere Amsel hervor – wieder ist es ein Männchen – und tobt wie wild über den Rasen, gefolgt von der ersten Amsel, die sich gerade verflüchtigt hatte. Das ist eine Rangelei wie auf dem Fußballplatz. Besonders wild geht es zu, wenn die eine Amsel an der Tränke ihren Durst stillen möchte und die andere zeitgleich ihr Gefieder baden will. Dann schimpfen sie wie die Rohrspatzen und gönnen sich – wie es so schön heißt – nicht die Butter aufs Brot.

Sie flattern in die Höhe, umkreisen einander wie die Toreros den Stier, beschimpfen sich und ziehen dann ärgerlich oder auch beleidigt von dannen. Aber nur für fünf Minuten, dann geht das Spielchen wieder los, weil ein Weibchen in der Nähe ist. Dann plustern sich die Männchen auf, vergreifen sich an den Krokussen oder Schneeglöckchen und jagen, wie angestochen, hinter dem Weibchen her, welches schon mit dem Nestbau beschäftigt ist.

Nach welchen Kriterien eine Amselmutter nun ihr Nest baut, entzieht sich meiner Kenntnis und erschließt sich auch nicht aus meinem Beobachtungsvermögen. Aber sie scheint doch ausgesprochen wählerisch zu sein, denn manch ein Zweiglein, welches schon fest eingeplant schien, wird wieder entfernt. Dafür pickt sie jetzt ein welkes Blatt von den Maiglöckchen aus dem Vorjahr auf und fliegt damit in den Efeu an der Wand unseres Hauses. Das macht sie nun stundenlang.

Irgendwann hat es auch wohl mal geschnackelt. Denn dann ist das Weibchen mit der Brut und später mit dem Nachwuchs beschäftigt. Dann muss das Männchen wieder mit ran, um die Brut zu päppeln. Es steht auf dem Rasen, hält den Kopf schief, äugt und stößt dann blitzschnell zu und zieht mit viel Gefühl einen langen Regenwurm aus dem Gras. Nun flattert es los und beglückt seine Nachkommenschaft.

Nach getaner Arbeit, wenn die Dämmerung naht, setzt sich das Männchen auf den Dachfirst und flötet seinem Weibchen etwas vor. Vielleicht auch mir? Oft mittags, gerade wenn ich meine Mittagsruhe auf der Terrasse halte, fängt der Vogel an zu jubilieren. Das ist dann ganz schön nervig, und du wartest darauf, dass der Bursche endlich aufhört. Aber dann ist da schon wieder ein Konkurrent, der aus einer anderen Ecke des Gartens antwortet. Es ist schon erstaunlich, wie viel Zeit er mit Gesang verschwendet, und auf welche Vielzahl von Melodien eine Amsel kommt.

Schön ist es allemal, auch wenn es manchmal des Guten zu viel ist.

Hinnerk un de Voss

vun Erwin Holldorf

Sien Maag hangt op halv acht
Un hett all länger Smacht
Dor seggt Hinnerk to sik sülvst
Dat änner ik mit all mien Macht
Un gah mal bannig gau op Jagd

De Haas seggt – du kriggs mi nich
Jumpt hoch un dwars un dweer
As wenn he em veralvern will
Hinnerk seggt – ik krieg di doch
Un stell di mal 'ne Wuddel op

Un in 'n Wald un wiete Flur
Is de Voss all op Schmarotzertour
Un beluurt vun wiet'n sik den Spaß
Nu ward 't Tied – seggt de Haas
Un har just de Wuddel in 'e Poot

Hinnerk denkt – dat is so wiet
Sünndag is wedder Bradenstied
He leggt an un drepp ganz nau
Een Schuss geiht ut 'n Püsterich
Mehr kann Gröönroks Flinte nich

De Voss is ümmer plietsch
He luurt wieter vun 'ne Siet
Em intressert de Wuddel nich
De Haas krigg 'ne Lodung Blee
Un de Voss röpp luut juchee

Ik dank di ok, Gröönspinkmann
Hüüt bin ik mit 'n Hasen dran
Un höögt sik düchdig wat
Faat den Haas achter siene Ohr'n
Un gau af ut Waidmanns Goorn.

Hier hat der Fuchs den Hasen-Ahlers mal verballhornt.

Wo Störche sich treffen

von Bernd Vieregge

Im Oldenburger Land in der Wesermarsch, grob gesehen zwischen Berne und Hunte, befindet sich eine Storchenpflegestation. Eigentümer ist Udo Hilfers. Ehrenamtlich und in privater Initiative kümmert er sich speziell um Störche, die nicht nur bei ihm nisten, sondern auch zur Pflege unter anderem wegen eines Unfalls hier verweilen, um später nach erfolgreicher Genesung auf eigenen Schwingen die Station wieder verlassen zu können. Leider sind dazwischen auch Dauerpatienten in einem Gehege, deren Glück es allerdings ist, dass sie hier verpflegt werden. In freier Wildbahn würden sie schnell Opfer eines Fuchses oder anderer Feinde werden. Das kostet natürlich, deshalb wurde der Verein „Storchenpflegestation Wesermarsch e. V." gegründet. Mitglied kann jeder werden. Natürlich sind auch Spenden willkommen.

Ab 10:00 Uhr am Morgen haben die Besucher freien Zugang zum Gelände. Bänke stehen bereit. So lässt sich das Leben und Treiben der gefiederten Bewohner mit Ruhe und Genuss beobachten. Manchem Fotografen wird dabei ein besonderes Foto gelingen. Frau Hilfers sorgt mit Kaffee, Tee und Kuchen für das leibliche Wohl der Gäste.

Bei genauem Hinsehen stellt man fest, dass die Storchenpflegestation nicht nur Störche unter ihre Fittiche nimmt. Auch anderes Federvieh hat hier seinen Futterplatz gefunden.

In den regionalen Zeitungen hatte ich schon öfter einiges über diese Station gelesen; deshalb habe ich mich auf den Weg gemacht, um Udo Hilfers persönlich kennenzulernen. Ich habe mir Besuche zu unterschiedlichen Jahreszeiten vorgenommen.

Es ist Mitte Juni, und die Eier sind längst ausgebrütet. Der Ertrag ist dieses Jahr nur mäßig. Aber die gesunden, jungen Störche sind ordentlich gewachsen, obwohl bei manchen die Flügel noch lange nicht ausgebildet sind. Andere sind erst auf den zweiten Blick von den Eltern zu unterscheiden. Sie scheinen sogar schon ein wenig flugfähig zu sein. Die Schnäbel sind allerdings noch dunkel. Die Storcheneltern wechseln sich in der Betreuung ständig ab. Während ein Elternteil nach Futter, wie Frosch oder Maus, sucht, fliegt das andere zur an das Grundstück grenzenden Wasserstelle, um den Kleinen etwas zu trinken zu bringen.

Die Pflegestation ist ein Segen. In der Umgebung hat es einige Unfälle mit Störchen gegeben, wobei der Nachwuchs zunächst nicht betroffen war. Doch ohne die wertvolle Unterstützung durch Herrn Hilfers wäre ein Überleben undenkbar. Man kennt die Storchenpflegestation und hat die gerade geborenen Jungen von verunglückten Storcheneltern hierher gebracht in der Hoffnung, dass sie überleben werden. Gefüttert werden die Jungstörche mit Eintagsküken, die teuer, tiefgefroren aus Spanien eingekauft werden müssen, da das Töten von männlichen Küken in Deutschland verboten ist.

Ein Monat ist inzwischen vergangen, und die jungen Störche in der Pflegestation sind inzwischen so groß wie die Storcheneltern. Unterscheiden lassen sie sich leicht durch den Schnabel, der bei den Jungen noch dunkel, statt leuchtendrot ist. Einige Jungstörche sind schon flügge und machen fleißig Flugversuche, andere wirken noch unbeholfen oder sind kurz davor, ihren ersten Flugversuch zu starten. Sie werden auch noch gefüttert. Und wo befinden sich die Kleinen, die nach dem Unfall der Eltern in die Pflegestation gebracht wurden? Die Storchenkinder haben sich wunderbar entwickelt und üben schon kräftig das Fliegen.

Nur zwei Wochen später blicke ich etwas enttäuscht auf die Nester. Kann es sein, dass ich etwas verpasst habe und alle Störche schon gen Süden aufgebrochen sind? Aber nein, am Himmel entdecke ich mehr als zwanzig Störche, die ihre Kreise ziehen.

Dann kommt ein Hilferuf aus der Nähe von Bremervörde. Ein noch junger Storch ist zurückgeblieben. Die Eltern und zwei Geschwister sind schon bereit für den Flug nach Süden, doch dieser Jungstorch ist noch nicht flugfähig. Ist die Storchenstation seine letzte Hoffnung? Welch' ein Segen, dass es die Storchenpflegestation gibt. Der neue Bewohner wird ein Jahr zur Genesung hierbleiben müssen. Herr Hilfers ist aber zuversichtlich, dass er nächstes Jahr seine Reise mit allen anderen Richtung Süden ohne Probleme antreten kann.

Herr Hilfers ist der begehrteste Gesprächspartner auf der Storchenstation. Mit Leidenschaft gibt er gerne Auskunft. Er verschafft mir ein besonderes Erlebnis. Das erste Mal sehe ich die Störche sehr nahe auf der Wiese vor der Pflegestation laufen. Was haben sie vor? Dann hebt einer nach dem anderen ab. Auch in das eingezäunte Gehege kommt Bewegung. Es ist soweit, die Störche machen sich geschlossen auf den Weg nach Süden.

Ich hoffe sehr, sie kommen nächstes Jahr wieder!

Blaue Hühner

von Herbert Hübner

lm Jahre 1957 lebte ich als 8-jähriger Lausbub in Gelsenkirchen. Meine Nachbarsjungen und ich lasen mit Begeisterung das Buch von Max und Moritz mit ihren Streichen.

Der Streich mit den Hühnern hatte uns inspiriert. Wir sagen uns: „Was die können, können wir auch." Heimlich haben wir uns Bier von den älteren Nachbarn gemopst. Im Hühnerstall haben wir im Wassertrog das Wasser gegen Bier ausgetauscht. Die Hühner fanden unsere Idee wohl sehr gut, sie eilten zum Trog und tranken mit Genuss. Nach dem herrlichen Trunk flatterten sie wie wild durch den Stall. Sie fielen auch immer wieder von der Stange. Meine Nachbarin und Besitzerin der Hühner kam und sah mit Entsetzen, was mit ihren Hühnern passiert war. Sie war vor Schreck von allen guten Sinnen verlassen. Sie schrie nur noch, hatte Angst, dass ihre Hühner eingingen. Das Geschrei meiner Nachbarin ließ die anderen Nachbarn aufhorchen. Wir haben uns im Hof versteckt und hatten große Angst vor den darauf wohl folgenden Strafen. Ein Junge aus unserer Gruppe konnte seinen Mund nicht halten und hat uns bei den Eltern verpetzt. Hungrig und mit knurrendem Magen ging ich am Abend reuevoll nach Hause. Mein Vater stand mit einem strafenden Blick schon an der Tür. Ohne ein Wort wurde ich von ihm verdroschen und anschließend mit Schmerzen und hungrigem Magen ins Bett geschickt.

Die Bestrafung hat Wunder bewirkt, zu solchen Eskapaden war ich nicht mehr bereit. Ich war seit dem Zeitpunkt ein lieber, braver Junge. Da die Hühner wegen des hohen Alkoholkonsums zunächst keine Eier mehr legten, mussten meine Eltern an unsere Nachbarin Geld zahlen. Ich bekam lange Zeit keinen Groschen für meinen Süßigkeiteneinkauf.

Tiererlebnis bei den Großeltern

von Hannelore Kemper

Hannelore und Hannelore, wir hatten den gleichen Namen und waren Cousinen, denn unsere Mütter waren Schwestern. Lange Zeit waren wir die einzigen Enkelkinder unserer Großeltern mütterlicherseits. Später kam noch ein Enkelsohn dazu. Wir hatten ja noch Onkel und Tanten und waren eine große Familie. Und alle trafen sich an Sonn- und Feiertagen, oder zu besonderen Anlässen in dem großen Haus unserer Großeltern, die auch einen Kolonialwarenladen hatten. So nannte man damals die Geschäfte, in denen die Leute, die in der Nähe wohnten, ihre Ware einkauften, die sie zum Leben benötigten. Supermärkte gab es damals noch nicht. Die Großeltern hatten auch einen wunderschönen Garten mit einer großen Obstwiese. Darauf standen Apfel-, Birnen-, Kirsch-, Zwetschen- und Eierpflaumenbäume, mmh, Eierpflaumen die mochten wir besonders gern. Um diese Wiese herum führte ein Weg, der an der inneren Seite mit Stachelbeerbüschen und an der äußeren Seite mit Johannisbeersträuchern bewachsen war. Das war noch nicht alles. Hinter dieser Wiese an dem mit Beerensträuchern bewachsenen Weg, gab es einige Kartoffelfelder, die früh, mittel und spät reif waren und dazwischen viele, viele Gemüsebeete. Aber das zauberhafteste war der leuchtende Blumengarten. Für uns Kinder war dies alles wie ein Paradies. Was gab es allein im Laden zu entdecken. Wir freuten uns jedes Mal, wenn die Vertreter kamen, damals sagte man noch Reisende, die all ihre verschiedenen, schönen Sachen zum Einkauf anboten. Der Bäcker brachte schon früh am Morgen frische Brötchen, Rosi-

44

nenbrot, Kuchen und mehrere Sorten Brot. Außer den Lebens-
mitteln gab es aber auch Kurzwaren, Hühnerfutter, Petroleum
oder Heizmaterial. Und in großen Gläsern sah man hübsche,
bunte Süßigkeiten. – Meine Großeltern hatten auch gerne Gäste, und wir feierten zusammen die schönsten Feste. Im Haus
und im Garten war Platz genug, und eine große Glasüberda-
chung schützte uns vor schlechtem Wetter, wenn wir draußen
saßen.

In der damaligen Zeit war in jedem Haus auch Platz für Tiere, Hühner, Kaninchen, Ziegen, Schweine und natürlich auch
für Hunde und Katzen. Der Hund unserer Großeltern hieß Flock
und hatte ein schwarzes, langes, lockiges Fell. Wir fanden ihn
schön und waren sehr stolz auf ihn. Die Katze hieß Minka und
war schwarz-weiß-rotbraun gefleckt. Auch sie war für uns ein
besonderes Musterexemplar. Die beiden Tiere vertrugen sich
gut. Sie waren beide schon als Tierbabys zu unseren Großeltern gekommen und deswegen von klein auf aneinander gewöhnt. Und so hatten sie in ihrem Korb einen gemeinsamen
Schlafplatz. Das war aber nicht immer so. Besonders Hunde
und Katzen, die sich erst als größere Tiere kennengelernt hatten, fauchten, bellten, bissen und stritten sich häufig. Aber wir
hatten mit Flock und Minka Glück. Und wenn wir im großen
Garten tobten, waren sie immer dabei. Sie sprangen mit in
die Hängematte, wenn wir damit zwischen den Apfelbäumen
schaukelten, oder ließen sich von uns waschen, wenn wir sie
in eine große Metallbadewanne setzten. Die Katze und später auch ihre jungen Kätzchen ließen sich wie unsere Puppen
in einen Puppenwagen legen und zudecken. Wir fuhren damit
spazieren, und Flock war immer ein lieber Begleiter.

Wenn meine Mutter und ich mit dem Stadtbus zu den Großeltern fuhren, holte uns ein kleiner Spielfreund mit Flock an

der Haltestelle ab. Wir freuten uns alle, wenn wir uns sahen, und Flock sprang vor lauter Freude an uns hoch. Für Hannelore und mich gab es nichts Schöneres, als mit den Tieren im großen Garten unserer Großeltern zu spielen.

Unser Großvater war handwerklich sehr geschickt und baute ein tolles Hühnerhaus mit Treppe und kleinen Fenstern. In dem Haus waren Nester zum Eierlegen und Sitzstangen für die Hühner zum Schlafen. Wenn sie am Morgen die Treppe herunter kamen und in ihrem großen, eingezäunten Auslauf Gras pickten, gab unsere Großmutter Hannelore und mir etwas Hühnerfutter. Wir setzten uns dann zu den Hühnern, und ganz zutraulich pickten sie das Futter aus unseren kleinen Händen.

Hannelore und ich waren etwa vier Jahre alt, und unsere Eltern erzählten uns, dass der Osterhase bald kommen würde. Sie fuhren dann zum Osterfest mit uns zu den Großeltern. Und tatsächlich! In dem großen Garten hatte der Osterhase mit seiner Frau schöne Sachen und bunte Ostereier für uns versteckt. Und – oh Schreck – was war denn das? Der Hase und seine Frau waren mit dem Verstecken noch gar nicht fertig und liefen noch im Garten umher und hüpften aus den Büschen direkt auf uns zu. Sie waren ganz zutraulich und ließen sich sogar von uns streicheln und auf den Arm nehmen.

So ein schönes Osterfest mit richtigen Osterhasen in schwarz und in weiß haben wir nie wieder erlebt. Und allen Kindern und Gästen, die uns noch besuchten, haben wir diese schöne Osterhasengeschichte erzählt! Zum Schluss wurden wir noch mit den Häschen fotografiert.

Richy der Lebensretter

von Horst Elsen

„Bellen war Deine Sprache und Treue Dein Geschenk.
Tränen mischen sich mit Lächeln, wenn ich an Dich denk.
Du wirst immer in unseren Herzen bleiben."

Dies ist der Spruch auf dem Grabstein von Richy, nachdem er nach fast 14 Jahren auf dieser Erde am 9. März 2017 hoffentlich in den Hundehimmel kam.

Richy war ein echter Delmenhorster Jung, er ist in Düsternort geboren und kam schon als Welpe zu uns. Die Familie wohnte damals in der Cramerstraße in Delmenhorst. Richy war wie das achte Kind für meine kranke Frau und sollte schon in jungen Jahren zu ihrem Lebensretter werden.

Es fing alles so gut an: Es war am 26. Juni 2013, als wir Besuch von der Krankenkasse bekamen. Meine Ehefrau Annelies sollte die Pflegestufe II bekommen. Diese wurde nach Begutachtung auch sofort genehmigt. Wir alle waren mit dieser Erhöhung sehr glücklich.

Am folgenden Tag änderte sich unsere Lage dann schlagartig. Unser Richy sprang frühmorgens wie verrückt auf mein Bett und weckte mich. Ich hörte die Hilferufe meiner Frau: „Feuer!" Ich rief sofort die Feuerwehr an, die wegen des kurzen Weges auch schnell zur Stelle war.

Die Wohnung brannte lichterloh. Meine Frau und ich kamen mit einer schweren Rauchgasvergiftung ins Krankenhaus. Ein Polizeiauto brachte unseren Retter Richy ins Tierheim nach Bergedorf, wo er zum ersten Mal in seinem Leben „draußen" übernachten musste. Dank Richy konnten wir unser Leben retten. Auch die anderen Hausbewohner waren unverletzt, aber aus der Wohnung konnten wir weiter nichts mitnehmen.

Die Zeit danach war für alle schwer, aber wir waren unserem Richy bis zu seinem Tode dankbar, dass er auf uns aufgepasst hatte.

Drei Katzenleben

von Erika Haase

„Peter und Paul suchen ein Zuhause!" Diese Anzeige der Wildeshauser Tierschutzgruppe in der Sonntagszeitung stach mir im Herbst des Jahres 1993 in die Augen, und als mein Mann mich fragte, was ich mir zu Weihnachten wünschte, erwiderte ich: „Peter und Paul". Ich bekam die beiden nicht, und in hübscher Regelmäßigkeit tauchte die Anzeige immer wieder in der Sonntagszeitung auf. Im August 1994 fragte meine Schwester mich nach meinen Geburtstagswünschen. Die Antwort war: „Peter und Paul", und diesmal wurde mein Wunsch erfüllt.

Zwei Tage nach meinem Geburtstag erschienen eine Dame und ein Herr von der Tierschutzgruppe und brachten mir die beiden schwarz gefleckten Kater, die schon ziemlich groß waren. Die beiden Tierschützer sahen sich im Haus und auf dem Grundstück genau um, ob es die Kater auch gut bei uns haben würden. Der Mann weinte beim Abschied, hatten sie die Tiere doch ca. 20 Monate bei sich gehabt. Da es in Wildeshausen kein Tierheim gab, pflegten Tierfreunde die Fundtiere bei sich zu Hause, bis sie vermittelt werden konnten.

Mein Mann war im August gerade Rentner geworden. Er hatte Zeit, sich um Peter und Paul zu kümmern und ihnen beim Eingewöhnen zu helfen. In den ersten zwei Wochen scheuchte er sie von den Grenzen des Grundstücks zurück und passte auf, dass sie nicht auf die Straße liefen. Dann wussten sie, wo sie hingehörten. Die Ernährung gestaltete sich etwas schwierig, da Peter einen nervösen Magen hatte und Paul unter Bronchitis litt.

Als wir die Tierärztin in der Lindenstraße zum ersten Mal aufsuchten, erkannte sie Peter und Paul gleich wieder. Als Katzenbabys hatten sie bereits einige Nächte in ihrer Praxis verbracht, da die Besitzerin die Kätzchen einem fremden Kind in die Hände gedrückt hatte mit den Worten: „Hier, ich schenk sie dir zu Weihnachten." Das Kind durfte die Tiere aber nicht behalten, zumal sie Durchfall hatten. So waren sie über Weihnachten und Silvester in der Praxis und dann bei der Tierschutzgruppe gelandet.

Im Oktober wunderten wir uns über eine grau-gelb-rote Katze, die täglich in der Nähe des Komposthaufens auftauchte und um die Büsche schlich. Peter und Paul verteidigten inzwischen ihr Revier und verjagten die Katze, wo immer sie ihrer ansichtig wurden. Eines Tages, als ich gerade am Teppichklopfen war, hörte ich ein feines Ziepen und ein noch blindes Kätzchen robbte sich aus den Gurkenpflanzen heraus, die um den Komposthaufen standen. Die bunte Katze hatte ihr Junges in dem Igelhaus abgelegt, das dort noch vom vorigen Winter gut versteckt in der Benjeshecke stand, und auch noch zwei Nachbarn mit je zwei Kätzchen beglückt. Wegen der beiden Kater hatte sie das Junge bei uns nicht mehr ausreichend säugen können.

Weil wir meinten, dass drei Katzen zu viel für uns wären, überlegten mein Mann und ich, ob das Kleine nicht am besten getötet werden sollte. Unser Sohn Ulf kam jedoch darauf zu, war zutiefst empört und wollte die Katze notfalls oben bei sich aufziehen. Da seine Frau Claudia schwanger war, kam das nicht in Frage. So entschieden wir, es unten doch zu versuchen.

Als Erstes fuhr Claudia mit dem Katzenkind zum Tierarzt. Der meinte, es wäre sechs Tage alt und weiblich. Er empfahl Katzenaufzugsmilch, die es in der Pelikan Apotheke zu kaufen gab, wie auch einen Schnuller mit einem langen Saugteil, der genau auf eine Liebesperlenflasche passte, das war die richtige Menge für eine Mahlzeit.

Die Pflege des Katzenbabys übernahm Frau Schulz, die Pflegerin meiner Mutter. Sie legte sich ein Handtuch über den Schoß, wickelte das Katzenkind halb ein und fütterte es. Nach einiger Zeit massierte sie ihm vorsichtig den Bauch und dann strich sie mit einem Q-Tip über den After, bis die Kleine ihr Geschäft erledigte.

Da allgemein behauptet wird, dass Kater junge Katzen töten, versuchten wir, die Tiere strikt zu trennen. Lilly, die diesen Namen von Claudia bekam, weil sie so klein war, erhielt eine Katzenkiste im Wohnzimmer, die Kater durften nur bis in die Küche gehen. Das klappte weitgehend, nur ab und an wutschte doch ein Kater in die Stube, wurde aber sofort wieder daraus vertrieben. Als Lilly älter wurde, hielt es sie nicht mehr in der Stube. Sie besuchte die Kater, und siehe da, die Zusammenführung gelang! Peter und Paul entwickelten sich zu fürsorglichen Pflegevätern, und sie zeigten Lilly, wie man jagt, auf Bäume klettert und vor allem wieder herunterkommt. Sie leckten ihr das Fell und beschützten sie vor fremden Katern.

Leider dauerte dieses Katzenglück nur drei Jahre, Paul litt immer öfter unter Bronchitis, Peter häufig unter Durchfall, so dass sich die Besuche bei der Tierärztin vermehrten und die Diagnose „Katzenaids" fiel. Schließlich versagte Peters Herz, und sechs Wochen später gab Pauls Lunge ihren Dienst auf.

Lilly irrte zunächst verwirrt umher, bis sie begriff, dass sie nun ganz auf sich gestellt war. Als Liebling der Familie lebte sie noch 14 Jahre bei uns.

Zwei kleine Zecken

von Irmgard Ullmann

Es lebten in Burg zwei kleine Zecken,
die wollten so gerne die Welt entdecken.
Denn selbst im Paradiestal nur zu zweien,
kann es auf Dauer langweilig sein.
Doch, wie kommt man ohne Geld
aus dem Wald in die bunte Welt?
So tun sich denn die kleinen Zecken
hinter einem Busch verstecken.
Und warten geduldig, sie haben ja Zeit,
auf eine günstige Gelegenheit.
Schon hören die beiden Stimmen und Schritte
und sagen, wir nehmen den in der Mitte.
Der scheint noch jung und fit zu sein,
und jeder springt ihm auf ein Bein.

Es hat geklappt, es ist famos!
Nun geht die große Reise los!
Und ihr Transporter, der heißt Pit,
der nimmt sie ohne Fahrschein mit,
im Zug nach Frankfurt dort am Main,
versteckt in seinem Hosenbein.
Um Mitternacht ist Pit zu Haus
und zieht sich seine Hose aus.
Mit einem Mal, da tut er zucken,
an seinem Bein scheint was zu jucken.
Den Zecken wird jetzt angst und bange.
Der Pit hat eine Zeckenzange!

Damit zieht er sie aus der Wade!

S c h a d e !

– Zwei zarte Stimmchen im Vergeh'n:
„Wie war es doch in Burg so schön!"

Wat man mit Katten all so beleven kann!

von Hanna Drieling

Mien Nahber Werner hett een groode Schüür. Dor in de Schüür hett he eene swartwitte Katt sehn. He vertellde mi dat un ik wull se ok wat to Freeten geben. Ik wuß jo nich, wo de herkeem? Man kunn se jo ok nich hungern loten. Ik heff ehr immer wat to freeten henstellt un ok een Kattenbett för ehr makt. Wenn se buten weer, wull ik ehr gern mal dat Fell strokeln, over se leet sik nich anfaten. Eens Dages markden wi, dat se een ganz dicken Buk harr, dor wussen wi jo, wat los weer. De harr bestimmt jemand utsett't, wiel se Junge kreeg.

Eenes Dages seet se vor de Flurdöör up de Matt, at wenn se seggen wull, dat se gern rin wull. Wi hebbt se up de Daal laten, dor kunn se sick jo eenen Platz utsöcken. At wi abends woller na ehr kieken deen, harr se in den olen Peerstall up een olen Sack sess junge lüttje Katten bi ehr liggen. Ja, wat nu? Wi hebbt ehr Water un Kattenfoor henstellt un een Katten-klo. Nu harrn wi mit een Mol säben Katten anne Backe, wi man so moi seggen deit. Wi kunn de jo nich all beholn, dat gung jo överhaupt nich. Jetzt hebbt wi överall anfragt, off nich jemand ne lüttje Katt hebben wull. Dor hett wat to hört, de lostoweern. Fief hebbt mi de Lüür affnahmen un een hebb ik sülms beholn, 'ne feine Tigerkatt, dormit weer de Kattenma-ma jo ok nich ganz alleen. So ganz lang hett de Kattenmama denn ok gor nich mehr leevt, se wull gor nich mehr freeten, seet immer an'n Waterdiek un slabber bloß Water. Ik bin mit ehr na'n Tierdoktor, de stellde fass, dat se Nierenverseggen harr.

Se wulln ehr noch een Spenderniere inplanten, ik wull dat over nich. Wi wulln de Katt dat nich andoon. Dor hett de Tierdoktor meent, dat dat woll beter weer, dat he se inschläfern de, wiel ehr dat sonst noch ganz slecht gahn wutrd. Dat Leiden wull'n wie disse Katt ersporn. Ik weer ganz trorig un hebb ok weent. Man hangt jo ok an so'n Deert.

De lüttje Tigerkatt hett ehre Mama ok ers vermisst. Nu geiht ehr dat over goot, se loppt wi so'n Hund achter mi an. Se is von een Auto anföhrt wurrn un kunn sick bloß up de Vorderpoten wieter bewegen. Ik mit ehr na'n Tierdoktor, de hett fasstellt, dat se den Puckel broken harr. De meende ok, dat se bloß noch een Dag leven wurrd. Ik hebb Schmerzmittel mitkreegen un hebb ehr fein to Huus in'n Heizungsruum in'n Kattenkorf sett. Hett beten duurt, over miene Mietzi geiht nu woller anne Bööm hoch. Nu hangt se so an mi un ik ok an ehr. Ja, so is dat mit dat Kattenvolk.

Die Bremer Stadtmusikatzen

von Matthias Höllings

Als Bremer Stadtmusikanten haben es Esel, Hund, Katze und Hahn mittlerweile zu Weltruhm gebracht. In Bronze gegossen stapeln sich die vier Weltstars neben dem Bremer Rathaus. Da stehen sie nun seit Jahren und wundern sich, warum sie niemand ins Haus bittet. Hauptsächlich der Esel muss es Tag für Tag über sich ergehen lassen, ständig ungefragt angefasst zu werden. Die anderen drei über ihm entgehen diesen Streicheleinheiten der Touristen.

Doch das mit einem Besuch im Haus sollte sich am Montag, dem 14. Februar 2005, plötzlich unerwartet ändern. Die Stadtmusikantenkatze bekam Besuch von mehreren ihrer Artgenossen, die tatsächlich im Inneren des Rathauses den damaligen Bürgermeistern Dr. Henning Scherf und Dr. Peter Gloystein einen Besuch abstatten wollten. Allesamt Katzen, die auch mit Musik zu tun hatten, aber aus der Hansestadt Hamburg anreisten, wo sie im weltberühmten Musical „Cats" das Publikum begeisterten. Nun sollten die Samtpfoten im Sommer 2005 auch an der Weser auftreten und meinten, dass es eine gute Idee sei, vorab schon mal den beiden Bürgermeistern ihre Aufwartung zu machen. Viele Politiker, Ehrengäste und hochrangige Staatsgäste wurden bereits im Bremer Rathaus empfangen, aber Namen wie „Tumble Brutus", „Gus der Theaterkater", „Skimble Shanks", „Bambalurina" und „Rumbleteazer" standen bis dato noch nicht auf der Gästeliste. Deshalb wusste die Protokollstelle des Rathauses erstens nicht genau, was da auf sie zukam und zweitens nicht, wie die beiden Doktores sich gegenüber den Katzen verhalten sollten.

Schon gut eine Stunde vor ihrem Eintreffen war es bei der Pressekonferenz – die natürlich im Katzen-Café des Bremer Schnoor-Viertels stattfand – mit den Redakteuren und Fotografen durch die Katzen im wahrsten Sinne des Wortes drunter und drüber gegangen. Das ließ nichts Gutes für das Rathaus erwarten. Als die Katzenmeute dann unüberhörbar an der Bürotür von Bürgermeister Dr. Henning Scherf kratzte, öffnete dieser mehr oder weniger ahnungslos und wurde von der Meute quasi überrannt. Wohl gemerkt – nicht auf Augenhöhe, sondern auf allen Vieren huschten und sprangen die Katzen in sein Büro. Auch seinem Amtskollegen Dr. Peter Gloystein stand die Ratlosigkeit ins Gesicht geschrieben.

Wer sich ein wenig mit Katzen auskennt weiß, dass es ziemlich sinnlos ist, einer Katze einen Platz, zum Beispiel in Form eines Stuhles zuzuweisen. Die Katzen von „Cats" benahmen sich wie richtige Stubentiger und wuselten und schnüffelten überall neugierig herum, so dass sich die Bürgermeister genötigt sahen, sich ständig um die eigene Achse zu drehen, um die Horde halbwegs im Auge zu behalten. Mal wurde gemaunzt und mal gefaucht. Das wurde der Sekretärin dann doch zu viel, und sie verließ fluchtartig das Büro. Und als der anwesende Fotograf die Hausherren um Position für ein gemeinsames Katzen-Bürgermeisterfoto bat, sprangen die Katzen prompt auf den Tisch und kuschelten sich an die beiden Herren. Ohne nachzudenken nahm Henning Scherf seine Hand, legte sie einer der Katzen auf den Kopf zwischen die Ohren und begann dann gedankenverloren das Fell zu kraulen. Und was machte besagte Katze? Die schloss die Augen, legte ihren Kopf etwas schräg zur Seite und begann hörbar zufrieden zu schnurren. Was will man mehr. Politiker ganz ohne Worte.

Ob die Katzenmeute den Kollegen der Stadtmusikanten anschließend noch Bericht erstatteten ist nicht überliefert. Auf jeden Fall waren sie genauso schnell wieder verschwunden wie sie gekommen waren.

Die Zeitungsente

von Manfred Friske

Am See von Malente
traf ich ein schreiend' Federvieh,
lärmte wie eine alte Ente,
wusste nicht, warum sie schrie.

Sie folgte mir auf jedem Schritt,
etwas war ich auch verwirrt,
sie rief ständig: „So nimm mich doch mit."
Bestimmt hab ich mich geirrt.

Ungläubig hört' ich: „Gib mir zu essen,
schnell etwas Brot,
hab' lang nichts gefressen,
sonst stell ich mich tot."

Ich steckte den Kopf unter Wasser,
doch es hat weitergeklungen,
bis der trübe Augenblick blasser,
merkt' ich, sie war einer Zeitung entsprungen.

Pirole

von Volker Kropik

Ich war damit beschäftigt, einen Text über Vogelnamen zu überarbeiten, als das Telefon klingelte. Mona wollte mich sprechen, um mir etwas mitzuteilen, das mich interessieren würde.

Mona war eine Berufskollegin meiner Frau und wurde unsere gemeinsame Freundin. Unsere Freundschaft hatten wir ohne Mühe auch auf Arnold übertragen, ihren Mann, den sie erst spät geheiratet hatte. Mona und Arnold waren aufs Land gezogen, hatten ein Haus gebaut auf einem schönen Grundstück, waldnah und dadurch unverbaubar, weit genug von Industrie- und Straßenlärm entfernt. Ihr Garten ist durch Holzzaun und Hecke uneinsehbar, aber zugänglich für das Vogelvolk. Von der Veranda schaut man in den Garten, in die angrenzenden hohen Bäume und den schattigen Sitzplatz darunter. Sommertags halten sich die beiden dort gerne auf, trinken Kaffee oder Tee und gucken auf die Büsche, Stauden und das solide Haus. In ihrem Garten gibt es viele Vögel – und noch mehr davon im Gehölz dahinter. Mona mag Vögel gerne und freut sich jedes Mal, wenn sie einen neuen Vogel bestimmen und auf die Gartenvogelliste setzen kann. Stets liegt ein Bestimmungsbuch griffbereit und gerne zeigt sie mir ihre neuen Eintragungen.

Als Mona mich anrief, hatte sie mir eine betrübliche Mitteilung zu machen. Zwei Vögel waren gegen die Scheiben der Veranda geflogen und dort verendet. Glasscheiben sind für unsere Vögel eine Sperre, die sie nicht erkennen. Sie fliegen in ungebremstem Flug dagegen, verletzen sich und liegen oft starr auf dem Boden. Manchmal überwinden sie diese Starre, finden zurück ins Leben und fliegen davon. Die beiden verunglückten Vögel waren jedoch tot durch Genickbruch oder Schock.

Um was für Vögel es sich handele, fragte ich. „Pirole, zwei männliche Pirole", war die Antwort.

Der Pirol ist einer der auffälligsten und schönsten Vögel unserer Heimat. Sein quittegelbes oder goldenes Gefieder mit der schwarzen Flügelzeichnung scheint der tropischen Fauna näher als unserer europäischen. Hört man den männlichen Vogel in einem Laubbaum flöten, so meint man, ihn schnell zu entdecken. Doch mag sein Federkleid auch noch so leuchtend sein, im Grün der Baumkrone bleibt er unauffindbar, bis er auffliegt und sich woanders niederlässt.

Als Jugendlicher hatte ich einmal im Stadtpark ein Pirolnest in der Astgabel einer Buche entdeckt. Viele Tage hatte ich das Elternpaar beobachtet, den Warnruf des Weibchens gehört, wenn es sich gestört fühlte. Sie mussten Junge haben, denn sie flogen immer einen bestimmten Baumbereich an, in dem sich das Nest befinden musste. Ich fand es nur, weil die Jungvögel sie verrieten, als sie gefüttert wurden.

Der Pirol ist selten geworden in unserer Landschaft. Wenn er zu uns kommt, kündigt er den Sommer an, denn erst im Mai trifft hier der Pfingstvogel – wie man ihn auch nennt – ein.

„Bist Du sicher, dass die beiden toten Vögel wirklich Pirole sind?", fragte ich vorsichtig. Mir waren einige Zweifel an Monas Vogelbestimmung gekommen, denn wir befanden uns mitten im April, und zu diesem Zeitpunkt ist der Pirol noch nicht zurück aus Afrika. Natürlich ist es denkbar, dass sich mit der Klimaerwärmung auch die Zugzeit der Vögel verändert.

Manche Vogelarten kommen jetzt ein bis zwei Wochen früher zu uns. Es gibt sogar „Zugvögel" die – entgegen ihrer Gewohnheiten – auch im Winter bei uns bleiben. Zu diesen Vögeln gehört der Pirol aber nicht. Auch ist er kein typischer Bewohner kleinerer Gärten mit niedriger Vegetation. Und die Tatsache, dass gleich zwei Männchen dieser seltenen Vogelart an den Scheiben der Veranda zu Tode gekommen waren, erhöhte mein Vertrauen in die Identifizierung nicht. Ich fragte deshalb nach Aussehen, Größe und Schnabelform der beiden Vögel, wies darauf hin, wie selten Pirole bei uns sind … Ich konnte Monas Überzeugung nicht erschüttern und überlegte mir einen Rückzug aus diesem Gespräch, der es uns beiden ermöglichen würde, das Gesicht zu wahren.

In den nächsten Tagen dachte ich darüber nach, mit welchen Vögeln Mona die Pirole vielleicht verwechselt haben könnte. Ich sprach mit Vogelfreunden, blätterte ornithologische Bestimmungsbücher durch, informierte mich über Zugzeiten unserer Zugvögel. Dabei wurde eines immer deutlicher: Diese beiden Vögel konnten keine Pirole sein.

Schließlich rief ich Mona an, um zu erfahren, was mit den beiden Vögeln geschehen war. Die hatte Arnold vergraben. Ob er die Stelle wieder finden würde, wo die Pirole lagen, fragte ich. Das würde er sicherlich. Gemeinsam machten wir uns an die Exhumierung. Mehrere Male setzten wir die kleine Schaufel an, stießen auf Wurzeln, Steine, einen Mäusegang. Vogelreste fanden wir nicht. Suchten wir auch an der richtigen Stelle? Konnten die kleinen Körper schon nach wenigen Tagen spurlos verwest sein? Und dann kamen Federreste zum Vorschein. Braunes Deckgefieder konnten wir freilegen, einen schmutziggelben Kopf mit einem Körnerfresserschnabel – und last but not least – gelbliches Bauchgefieder. Winzig klein waren die beiden Vogelkörper vor uns. Es waren Goldammern.

Die widerspenstige Ziege

von Werner Lüdeke

Vor einiger Zeit sah ich im Fernsehen einen Bericht über eine Windmühle in Ostfriesland. Im hinteren Grundstück dieser Mühle hatte der Besitzer einen Privatzoo eingerichtet. Alle Haustiere waren hier versammelt. In meiner Jugendzeit war das in vielen Haushalten in Ganderkesee eine Selbstverständlichkeit.

So auch bei meinen Großeltern an der Urneburger Straße. Unsere Mutter sowie meine drei Brüder bewohnten die Oberwohnung von Oma und Opa. Unser Vater kehrte aus dem Krieg nicht zurück und gilt seit dem 29. Juni 1944 in den Weiten Russlands als vermisst.

Unsere Großeltern hatten neben ihrem Wohnhaus und den angebauten Stallungen eine Grundstücksfläche von nicht ganz einem Hektar Garten- und Ackerland zu bewirtschaften, und somit waren fast alle Haustiere bei uns vertreten, mit Ausnahme von Kühen. Aber mehrere Ziegen, auch Beamtenkühe genannt, befanden sich bei uns in den Stallungen. Von meiner Mutter wurde mir erzählt, dass ich im Kindesalter nur Ziegenmilch zum Trinken bekommen hätte, da ich die Milch von Kühen nicht vertragen konnte.

Jedes Jahr stellte sich bei unseren Ziegen Nachwuchs ein. Aber bevor es soweit war, mussten wir erst einmal mit der Ziege zum gemeindeeigenen Ziegenbock, der am Schlutterweg beheimatet war.

Eine unserer Ziegen wollte absolut dem Weg, der ja zu Fuß gelaufen werden musste, nicht folgen. Auch als wir versuchten, sie auf einen Handwagen zu heben und festzubinden, klappte dieses Vorhaben nicht, denn die Ziege sprang immer wieder herunter vom Wagen. Da hatte unsere Oma, die ja Schneiderin war, eine gute Idee. Sie schneiderte so eine Art Leibchen. Dieses wurde der Ziege angezogen und an allen vier Enden mit Stricken versehen. Die Ziege wurde auf den Handwagen gehoben, mit den Stricken festgebunden, und ab ging es zum Ziegenbock. Nur ihr wehleidiges Gemähe begleitete uns die gesamte Wegstrecke.

Alt wurden die Ziegen bei uns nicht. Nach ein paar Jahren gaben sie keine Milch mehr und magerten sehr ab, obwohl sie immer gutes Futter bekamen. Auch ein Tierarzt hatte dafür keine Diagnose parat. Ein Rutengänger fand aber die Lösung. Der Stall, in dem die Ziegen standen, war überall mit Wasseradern durchzogen. An anderer Stelle des Stalles, wo die Wünschelrute nicht ausschlug, wurden dann die Ziegen einquartiert. Wir hatten danach gesunde Tiere, die viel Milch gaben. Nach jedem Melken wurde die Milch in Schüsseln verteilt, diese in die

Speisekammer gestellt, und am anderen Morgen schöpfte unsere Oma den Rahm ab, der dann später zu Butter verarbeitet wurde. Diese Ziegenbutter war im Geschmack sehr streng.

Früher war es eine Bürgerpflicht, den Wassergraben vor seinem Haus ständig sauber zu halten, damit das Regenwasser gut abfließen konnte. Nachmittags während der Schularbeiten in unserer Laube, die sich an der Straße befand, holte ich eine der Ziegen aus dem Stall und pflockte sie mit einer Kette so an, dass sie nur den Grabenbereich abfressen konnte und nicht auf die Straße lief. Aber auch das wäre nicht gefährlich gewesen, denn es kam selten vor, dass einmal ein Kraftfahrzeug die Straße befuhr. Dafür gab es Pferdefuhrwerke, die den neben der mit Kopfstein gepflasterten Straße laufenden Sandweg benutzten.

So beaufsichtigte ich während der Schularbeiten die Ziege, die dafür sorgte, dass der Graben in Ordnung war und bei der Prüfung durch die Gemeinde positiv bewertet wurde.

Ein modernes Märchen:

Die Kuh mit dem goldenen Horn in Bergedorf, auf dem Hof Logemann

von Sabine Satzger und Gerd Logemann

Es war fünf Jahre nach der Ermordung von Graf Christian im Jahr 1197. Das Kloster war im Bau, und die Benediktinerinnen siedelten sich auf dem jetzigen Hof Logemann an. Eines Abends wurde es auf dem Hof sehr laut, die Tiere im Stall wurden unruhig. Eine Nonne wollte nach dem Rechten sehen, was sie zu sehen bekam, verschlug ihr den Atem. Es war ein Kälbchen geboren, es war ein ganz besonderes Kalb, denn es hatte ein goldenes Horn. Die Nonnen pflegten und hegten das Tier. Niemand konnte sich erklären, woher das Kälbchen das goldene Horn hatte. Das Kälbchen kam an der Stelle zur Welt, wo Graf Christian ermordet wurde. Die Meuchelmörder hatten damals das mitgebrachte Gold von Graf Christian nicht angetastet. Später wurde an dieser Stelle eine Sühnenkapelle errichtet. Viele Jahre später wurde erzählt, dass alle 500 Jahre ein Kalb mit einem goldenen Horn geboren wurde, es brachte Glück und Reichtum. Von weit her kommen die Menschen, um dieses außergewöhnliche Tier zu sehen. Im Jahr 2007 wurde es wieder sehr laut auf dem Hof Logemann, die Tiere im Stall brüllten, der Hofhund bellte und lief aufgeregt hin und her. Als die Familie nachschaute, traute sie ihren Augen nicht, denn es wurde ein Kälbchen geboren, das ein goldenes Horn hatte. Es wurde auf den Namen Goldie von den Kindern der Kinderburg Bergedorf getauft. Auch heute noch liefert das inzwischen erwachsene Tier die Milch für das Melkhus Bergedorf.

Ik un de Deerten in Hellweg

von Hartmut Lammert

Up de Welt kamen un upwussen, tominnst in Ferientieden, bin ik in Hellweg. Dat Dörp hört to de Gemeende Söttmer (Sottrum) in'n Landkreis Rooenborg (Rotenburg/Wümme).

Mien Opa weer Ramaker (hier nömt man dat Stellmaker) un sien Vadder weer dat ok all. Nebenbi harrn wi noch ne lütte Landwirtschopp. Wi wohnden in'n olet Buernhuus von 1838 un uppe Deel weer de Kohstall mit dree Keuh un mit den Bruunen, dat Peerd.

Öber de Grootdöör is vundaag noch een Spruch schreeven, so as'n dat hier ok kennt. De heet:

> Wenn in schauerlicher Nacht
> Blitze leuchten, Donner kracht,
> wenn die Stürme furchtbar wehn
> als soll alles untergehn
> fürchte nichts was Gott dir tut
> ist und bleibt dir ewig gut.
> Auch die Schrecken der Natur
> zeigen seine Segensspur.

Toon Hoff hörde ok noch een Eekenbestand, de Wagenschuur, de Schwienstall, de Warksteer, ne Meulen un een Backoven. De Höhner un de Hahn loopen up'n Hoff rüm un wi sökten de Eier up'm Wiem over den Höhnerstall, dor harrn de Höhner se meist leggt. Wenn wi se funnen harrn, mossen wi ganz vörsichtig ween; wi mossen jo ok wedder daalklattern von dorbaaben.

För de Keuh mössen Opa un ik dreemal inne Week so um halvig söss mit een Ackerwagen los un Fooer halen. Eene Wisch leeg dröög bi'n Holt un denn harrn wi den Bruunen vörn Waagen. Wenn denn mal'n Reh na de Siet in't Holt afneien dä, het he sick ok mal verjaagt. Ne annere Wisch harrn wi inne Wummniederung (Wümme) un dor weert oft mal'n beeten schwoor för den Bruunen alleen. Denn halen wi us noch den Schimmel vun den Huusschlachter Wrigge. Dor unnen hörden wi denn ok oft de Nachtegall un de Kanickels büxen utnanner. Dat allens duuer jümmer so bi dree Stünnen. Un wenn wi torüch kämen geevt ersmal wat ton Fröhstück. Dat kunn ok all mal Knipp mit Bratkartüffeln wään oder Büdelwust mit sülvst backt Schwattbrot.

So bi foffteihn Morgen Land hörn ok noch darto. Inne Erntetied mossen wi all mit ran. Ik seet mit Opa up'n noch ganz eenfachen Meiher un harr de Peer unner Kontroll, Opa seet up den Schwingsitt anne Siet un legg aff. Jümmer för eene Garv, de de Froonslüü mit een Büschel Stroh tosamen binnen deen. Wenn't all afmeiht weer förn Opa un mien Vetter (ok een Ramaker) tröch inne Warksteer un wi mossen de Garven to Hocken upboon. Darna hefft wi Kinner noch Ähren upsöken mösst.

De Kartüffeln mössen wi Kinner na Kartüffelkävern afsöken. Jungedi, dat weern veele un denn kömen de in't Huus in kaken Water (machs meist nich vertellen, weer aver so).

Wenn de Runkelröven sowiet weern, hefft wi de rut trecken most un inne Reeg mit dat Kruut na'n Körper henleggt. Denn keem de schwore Arbeit: dat Kruut moss mit'n Spaden afstecken weern un wenn man'n Stück vunne Rööv mit affneit harr, keem dat Gewitter. Wes mal'n beeten vörsichtig, Jung! Ik harr mien Jack man so anne Siet henleggt un wull se ja nu antrecken. Keem over nich dör'n Ärmel – dor seet 'ne Muus in.

Naa 'n Törf güng dat ok woller mit'n Wagen un beide Peer.

Wichtig weern de Gummisteeveln, von wegen de Krüzottern. Mien Vetter stäk den Törf inne Grube un Opa un ik hefft de grooden Sooden denn inne Reeg locker upstapelt, so dat de Wind em ersmaal drögen dee. Poor Daag later gung't nochmal wedder hen un denn weern de Soden upringelt. Wenn de Törf denn dröög weer, halden wi em na Huus un dat lang denn för ne warme Stuuv ne ganze Tied; wi harrn jo ok noch dat Holt ut de Warksteer to'n Inbötten.

Un in'n Winter weer denn dat Schwienschlachten anne Reeg. Domals geev dat jo noch kiene Gefrierinrichtungen avers koole Winterdaag. Schlachter Wrigge keem fröh un hett dat Deert mit'n Mess afschlacht. Denn hett he dat deelt un de Hälften anne Ledder uphangt. De Blaas hett he sick över siene Gummisteeveln utdrückt, denn har he warme Fööt.

Allens moss inkookt oder rökert weern. To'n Schlachtfest geev dat denn noch frischet Fleesch, dat nich inmakt weern kunn.

Ssü, so harrn wi ok övert Johr ne ganze Menge mit Deerten to do'n. Vundaag geist na inkoop un köpst di allens tosamen, wat du so brukst.

Aver schön weert doch un de Minsch leevt jo ook vunne Erinnerungen.

Der „Pferdeflüsterer" aus Ganderkesee

von Walter Thiemann

Tamme Hankens besondere Fähigkeiten im Umgang mit Tieren haben das Fernsehpublikum begeistert; zu den aktiven Zeiten meines Vaters Hermann Thiemann, der im Jahre 1913 geboren wurde, gab es nur die Zeitung oder die Erzählung. Diese gute Tradition setzen wir mit diesem Bericht fort. Schon als Kind bekam ich mit, dass mein Vater in ganz Nord-West-Deutschland als anerkannter *„Heiler"* der Tierwelt bekannt war.

Mein Vater kam über seinen Beruf als Hufschmied – gelernt hat er bei Schmied Meyer in Hoyerswege – mit Pferden in Kontakt. Schon früh merkte er, dass er die Fähigkeiten seiner Mutter, die Menschen und Tieren helfen konnte, geerbt hatte.

Durch Mund-zu-Mund-Propaganda war er bald auf den Höfen und in den Ställen ein vielbeschäftigter Mann. Eine Sechstagewoche zwischen Emsland und Sachsenwald wurde bald selbstverständlich. In dieser Phase der Aktivität stellte sich mein Vater seinen privaten Chauffeur ein. Über 30 Jahre war Bernhard Klattenhoff mit meinem Vater bei jedem Wetter unterwegs. In aktiven Jahren standen schon mal 80 000 km pro Jahr auf dem Tacho.

Der Ruf meines Vaters war so legendär, dass er auch in adelige Pferdeställe und sogar zu Weltmeisterschaften gerufen wurde. Aber immer wieder waren es die Landwirte aus der Umgebung, die seine Hilfe zu jeder Tages- und Nachtzeit anforderten. Viele Tiere, die schon aufgegeben waren, wurden durch seine Hilfe gesund. Mancher Familie wurde dadurch die Existenz gerettet.

Mit Medikamenten aus der Familienapotheke unterstützte mein Vater seine besonderen körperlichen und geistigen Fähigkeiten.

Die Dankbarkeit war groß. Viele Jagdeinladungen, mit denen mein Vater besonders geehrt werden sollte, konnte er nicht annehmen, weil einfach die Zeit für die Freuden des Lebens fehlte. Seinen jährlichen Erholungsurlaub in Bad Reichenhall musste mein Vater immer alleine antreten, da seine Frau in der Zwischenzeit zu Hause *„die Stellung halten"* musste.

Der Ruf meines Vaters blieb über seinen Tod hinaus erhalten. Noch heute wird an Stammtischen ehrfurchtsvoll über ihn gesprochen, wenn es um die *„alten Zeiten"* geht.

Hoch to Peerd

vun Erwin Holldorf

Mennigmal harr ik Freud doran em totokieken, wenn he, meistied mit Bravour, over sien Parcours rieden dee un jumpte. Vör 'n Laien seehg dat in disse Perfekschion eher eenfach ut. Mann un Peerd weern de Anstrengung nich antoseihn.

Um disse Tied weer Gerd noch 'n halvstarken Schierbroker Jung. To sien Parcours in Rethorn bin ik immer loopen, weer jo ok nich wiet. Un wenn Peerd un Rieder noog doon harrn, gung dat wedder torüch na Schierbrok un ik bin em wedder achteran loopen. Doch betieden heff ik em woll mal leed doon, dor hett he mi mal mitnohm. Ik heff staunt, wi kumm ik denn op dat groote Peerd un wo schull ik sitten, overleggde ik. Gerd markte dat un griente, holt mi siene Arms hen un ik em miene un bumms seet ik op dat groote Achterdeel vun sien Peerd. Un af gung dat an't Stenumer Holt vorbi na Schierbrok. Kiene Ahnung vun't Rieden un stockstief hebb ik dor boben seten, mien Krüüz melde sik prommt, weer nich uttoholen, harr woll blaarn kunnt. Gerd smustergriente wedder, makte over langsomer un bold weern wi tohuus. Gerd steeg af un holt mi woller siene Arms hen un ik suuste na unnen.

'N paar Johr loter hett de leve Gott usen Gerd denn all vör höchtere Upgaben vörseihn[1], dat gung dann doch teemlich gau un ik kunn mi den Gerd bloß noch in't Fernsehn bekieken. Siene Peer harrn Naams wi Askan, Goldica, Roman usw. Miene Riederkarriere dorgegen weer so kort wi de Ritt vun Rethorn no Schierbrok. Ik hev nie wedder op een Peerd seeten.

---

[1]Gerd Wiltfang, Olympiasieger und Weltmeister im Springreiten

Dass die Eselin den Engel sieht

von Pfarrer Norbert Lach

Eine Eselin namens Adele – sie lebt immer noch bei einer Familie in Ganderkesee und vermag noch mit einem ihr verbliebenen Zahn ihr Futter zu sich zu nehmen – gehörte viele Jahren im Palmsonntagsgottesdienst zu den Protagonisten unserer St. Hedwig Gemeinde. Festlich geschmückt – mit einer Albe auf ihrem von einem Kreuz gezeichneten Rücken, folgte ihr die Gemeinde bei der Palmprozession um die Kirche. Als Adele – aus Altersgründen – ihrer Besitzerin auf dem Weg zur Kirche nicht mehr folgen konnte, suchten wir nach einem Ersatz für die treue Eselin. Einer unserer Kommunion-Katechetinnen wurde dann eines Tages ein Stoffesel geschenkt – die aramäischen Kommunionkinder gaben ihm den Namen „Hmoro", was auf Aramäisch Esel bedeutet. Seither ist „Hmoro" das Maskottchen unserer Kommunionkinder.

In der Hebräischen Bibel, dem Ersten Testament, im 4. Buch Mose (22–24) spielt ebenfalls eine Eselin eine große Rolle. Da heißt es: Da stand ein Engel im Weg. Zunächst ist es die Geschichte von einer Eselin, die klüger ist als ihr Reiter. Vielleicht ist es auch eine Geschichte darüber, dass das Herz klüger ist als der Kopf. Der biblische Prophet Bileam wird verlockt. Reichtümer erhofft er sich. Der König von Moab (heute Jordanien) hat sie ihm versprochen, wenn er das Volk Gottes, das auf seiner Flucht aus Ägypten in Moab rastete, verflucht. Und so lässt sich Bileam korrumpieren, setzt sich auf seine Eselin und zieht los. Dass er gegen Gottes Willen verstößt, davon will er nichts mehr wissen.[1]

Unterwegs lernte Bileam allerdings, richtig zu sehen. Genauer: Seine Eselin lehrte es ihn. Denn Gott stellt sich Bileam mehrfach durch einen Engel in den Weg. Der Seher soll erkennen, dass sein Weg falsch ist. Allein die Eselin sieht den Engel, weicht ihm aus. Immer wieder weicht sie vom Weg ab. Und Bileam schlägt das arme Tier, ignoriert den eigenen Schmerz, den ihm die Irrwege zufügen und reitet weiter. Den Engel sieht er immer noch nicht.

Dann steht der Engel so in seinem Weg, dass auch die geschickteste Eselin keine Chance mehr hat. Sie geht in die Knie. Bileam beschimpft und schlägt sie. Da beginnt die Eselin zu sprechen.

„Warum gehst Du so mit mir um? Habe ich Dir nicht all die Jahre treu gedient?" Bileam sieht auf und sieht den Engel, hört seine Worte: „Der Weg, auf dem Du unterwegs bist, führt ins Verderben! Gott gefällt nicht, was du vorhast."

In der biblischen Geschichte endet das alles gut: Kein Fluch. Bileam legt den Segen Gottes mit weiten Worten auf das Volk Israel.

---

[1]Quellen:
HAGENCORD, RAINER: Diesseits von Eden, Seiten 207 ff.
DEUTSCHLANDFUNK KULTUR (06.10.2020): Wenn ein Engel im Weg steht (Bileam)

Pastorengarten

von Volker Kropik

Ein Kleinod mitten im Ort – so muss man den Pastorengarten gegenüber der ev. Kirche St. Cyprian und Cornelius bezeichnen.

Um das Gemeindehaus mit dem Kirchenbüro erstreckt sich ein kleiner parkähnlicher Bereich, der als Pastorengarten bezeichnet wird. Rund um eine ansehnliche Rasenfläche stehen stattliche Bäume. Dichtes Buschwerk säumt die offene Fläche seitlich und nach vorn zur Rathausstraße. Unter den hohen Laubbäumen breitet sich im Frühjahr ein Teppich des Lerchensporns aus, einer dauerhaften violett oder weiß blühenden Knollenpflanze, deren Standort mitten im Ort eine kleine Sensation ist. Sein Name leitet sich von der gespornten Blüte ab, die mit der Hinterkralle der Feldlerche Ähnlichkeit hat. Diese Kralle nennt man ebenfalls Lerchensporn.

Lerchen findet man im Pastorengarten natürlich nicht, wer sich aber in diesem Bereich aufhält, wird überrascht sein, hier die Rufe eines Teichhuhns zu hören. Verborgen unter hohem Gebüsch befindet sich ein kleiner Teich, auf dem Teichhühner zu Hause sind. Sie brüten dort und ziehen erfolgreich Junge auf. Manchmal sieht man diese Vögel, die zu den Rallen gehören, über die Rasenfläche des Pastorengartens laufen und nach Futter suchen.

Das Gartengelände bietet vielen Vogelarten einen Lebensraum. Meisen, Finken, Amseln, Drosseln, Sperlinge und Rotkehlchen sind zu hören und zu sehen, ebenso wie Zaunkönige, Heckenbraunellen, Mönchsgrasmücken oder Weidenlaubsänger.

Dieser kleine Singvogel ist besser unter dem Namen Zilpzalp bekannt. Er ist einer der ersten Zugvögel, der aus seinen Überwinterungsgebieten im Mittelmeerraum und südlich der Sahara Anfang März zu uns kommt und uns mit seinem schlichten Gesang das Frühjahr ankündigt. Der Vogelname Zilpzalp ist eine Wiedergabe der beiden Gesangssilben dieses Laubsängers, einer höheren und einer tieferen, über die der Vogel verfügt. Der Zilpzalp ist nicht selten, aber seine regelmäßige Präsenz im Bereich des Pastorengartens ist ein Zeichen, dass er sich hier wohl fühlt. Ein Vetter des Zilpzalps – der viel seltenere Fitislaubsänger – findet sich einen Monat später im Pastorengarten ein. Sein ungemein melodiöser, sanfter Gesang, der als „Buchfink in Moll" beschrieben wird, fügt sich harmonisch in das Konzert der Vogelstimmen ein, die im Mai in diesem Areal den ganzen Tag zu hören sind.

In den großen Bäumen des Pastorengartens sieht man oft den Kleiber, der seine Brut füttert, den Buntspecht und – wer aufmerksam schaut – den unscheinbaren Gartenbaumläufer. Für sie bietet das kleine Gelände mit dem angrenzenden Kirchhof genügend Lebensraum.

Allerweltsvögel wie Rabenkrähen, Dohlen, Elstern, Ringel- und Türkentauben nutzen das Areal im Zentrum des Ortes regelmäßig. Ihre Anwesenheit löst wenig Freude aus, denn sie kommen in jedem Siedlungsgebiet vor und manche plündern in der Brut- und Nestlingszeit die Nester der Vögel, die wir in unseren Gärten gerne hätten. Zu ihnen gehören die beiden Fliegenschnäpperarten – der Grauschnäpper und der Trauerschnäpper –, die beide im Pastorengarten brüten. Es ist ein Erlebnis, den grauen Fliegenschnäpper bei seinen Beuteflügen zu beobachten. Er sitzt auf einem Ast des prächtigen Walnussbaums mitten im Rasen und fliegt in akrobatischen Flugmanövern einem vorbeifliegenden Insekt hinterher, schnappt es sich und kehrt zu seinem Platz, seiner Ansitzwarte, zurück. In den Wintermonaten kann man eine besonders schöne Beobachtung machen: ein Dompfaffpaar fliegt in das Futterhaus am Teichrand und sucht sich Futter, das man hier auslegt. Brüten würde das Paar hier nicht, aber seine Anwesenheit, vor allem die des Männchens mit seiner leuchtend karminroten Unterseite, löst in jedem Beobachtenden Entzücken aus.

Die Liste der festgestellten Vögel ist keineswegs vollständig, soll hier auch nicht angestrebt werden. Jede ornithologische Begehung führt zu neuen Beobachtungen von Singvögeln im Pastorengarten. Stieglitze lassen sich bisweilen blicken, gelegentlich auch Erlenzeisige, Kernbeißer und Bachstelzen.

Vergleicht man die Liste der Vögel heute mit der umfangreichen vogelkundlichen Bestandsaufnahme von Pastor Jörg Meyer – veröffentlicht im Gemeindebrief 2/1989 –, dann muss man mit Bedauern feststellen, dass einige Singvögel aus dem Pastorengarten verschwunden sind. Zu ihnen gehört die Rauchschwalbe, die früher in der Diele der alten Pastorei brüten konnte, ferner der selten gewordene Gelbspötter, dessen abwechslungsreicher Gesang Imitationen anderer Vogelstimmen enthält. Alte Ganderkeseer entsinnen sich vielleicht, dass vor mehreren Jahrzehnten die Nachtigall im Pastorengarten gebrütet hat. Heute fehlen hier auch einstmals häufige Vögel wie der Feldsperling und der Star. Sogar der Haussperling, der stets reichlich vorhanden war, ist rar geworden. Dieser Artenrückgang spiegelt die allgemeine Entwicklung der hiesigen Vogelwelt wider.

Jörg Meyer hat den Pastorengarten als grüne Insel bezeichnet. Das ist er auch heute noch, doch müssen wir darauf achten, dass er in seiner schönen Wildheit bestehen bleibt. Er muss umweltbewusst und biotopgerecht gepflegt werden, damit dieses Naturjuwel in unserem Ort erhalten bleibt.

Der Flug des Ganters

von Hermann Speckmann

Das Tier, das zu Ganderkesee gehört, ist natürlich der Ganter. Warum? Weil es die Sage so berichtet:

> „In alten Zeiten waren in dem Kirchspiel Ganderkesee sieben Kapellen, nämlich in Bergedorf, Kirchkimmen, Habbrügge, Gruppenbüren, Stenum, Schlutter und Bürstel. Aber die sieben Kapellen kosteten so viel zu unterhalten, daß die Einwohner beschlossen, statt ihrer eine große Hauptkirche zu bauen. Und da sie sich über den Ort, wo die Kirche stehen sollte, nicht einigen konnten, ließen sie einen Gänserich, plattd. Ganter, mit verbundenen oder geblendeten Augen fliegen: wo der sich niederlasse, solle die Baustelle sein. Der Gänserich setzte sich in die Niederung, wo jetzt die Kirche steht, und der Ort empfing daher den Namen Ganter kesede, Gänserich erkieste. Es hatte sich aber der Vogel, seiner Natur folgend, die allerniedrigste Stelle, ein Lache, ausgesucht, die erst ausgefüllt werden mußte, wozu man die Erde in der Nachbarschaft ausgrub. Daher stammen die beiden Teiche, die noch im Pastoreigarten zu sehen sind."[1]

Eine andere Erklärung: Als Ganderkesee zum ersten Mal in der *Vita St. Willehadi* des Bremer Bischofs Ansgar aus dem

---

[1] Strackerjahn, Ludwig: Aberglaube und Sagen aus dem Herzogtum Oldenburg, 2. Auflage, 2. Band, 287/288

Jahre 860 erwähnt wird, wird es *Gandrikesarde* genannt.

Der Ortsname Ganderkesee soll nach Friedrich Bultmann[2] aus dem Personennamen *Ganderik* entstanden sein, jener Person, die in der Völkerwanderungszeit „bei der Gründung des Ortes die Führung hatte". Der Name Ganderik soll aus „Ganter" und „rik" = Regent/Herrscher bestehen. *Arde* meint Erde/Pflugland. Danach könnte der Ortsname als Erde des Ganterherrschers interpretiert werden. Bultmann schreibt weiter, dass dem Ganderik die Attribute des Ganters, der als wetter- und zauberkundiger Vogel galt, zugesprochen wurden und der Personenname Ganderik dann als „der durch seine Geistesgaben Herrschende" zu verstehen sei. Das verwundert. Wie kommt er auf Geistesgaben, wenn er vorher dem Personennamen die Attribute Wetter- und Zauberkraft zuschreibt? Es hätte dann doch richtiger „der durch Zauberkunde Herrschende" heißen müssen. Es besteht keine Übereinstimmung bei der Deutung des Namens Ganderkesee, wohl aber Einvernehmen darüber, dass im ersten Wortteil „Ganter" enthalten ist.

Nun schreiben die Germanen dem Ganter und den Schwänen nicht nur die Fähigkeit der Wetterkunde und der Zauberei, sondern auch der Weissagung zu. Aus dem *Völundlied der Edda* ist der Zusammenhang zwischen Schwänen und Walküren ersichtlich. Es werden Walküren geschildert, die ihre Schwanenkleider abgelegt haben. Ein Aspekt der Walküren ist, dass die Nornen, die im Wurzelbereich der Weltenesche Iggdrasil leben und am Menschenschicksal spinnen, in Schwanengestalt gedacht wurden. Bis heute hat sich diese alte Vorstellung erhalten, wenn

---

[2]Bultmann, Friedrich: Aus der Frühzeit und dem Mittelalter, in: 860/1960 – 1100 Jahre Ganderkesee, Gemeinde Ganderkesee, 1960, S. 21

wir zum Beispiel sagen: „Mir schwant was."

Viele werden noch den Brauch kennen, dass zwei Personen den so genannten Glücksknochen des gerade verspeisten Huhns anfassen und durchbrechen. Wer den größeren Teil erwischt hat, kann sich etwas wünschen.

Aus der Volkskunde sind zahlreiche Beispiele für die Weissagefunktion der genannten Tiere bekannt. Aus dem Brustbein der Martinsgans hat man auf die Wetterbedingungen des kommenden Winters schließen wollen. War es zum Beispiel rötlich, wurde angenommen, dass der Winter milde wird. Junge Mädchen zogen einem Ganter einen Strumpf über den Kopf und ließen ihn blind in der Spinnstube laufen. Das Mädchen, auf das der Ganter zulief, würde zuerst heiraten.

Nicht zuletzt ist die obige Sage von der Entstehung des Ortnamens Ganderkesee ein deutlicher Hinweis auf die Funktion des Ganters als Weissagevogel. Ein geblendeter Ganter wird in die Luft geworfen und dort, wo er sich niederlässt, wird die Kirche errichtet.

Sowohl aus dem Personennamen Ganderik als auch aus der Sage ergeben sich Anhaltspunkte, dass sich im Bereich der heutigen Kirche auf trockener Höhe mit Abhang zu der zugeschütteten „Kleinen Bäke" und dem „Pastorenteich" eine Orakelstätte der Chauken befunden haben könnte. Zu einer germanischen Kultstätte gehörte Wasser, am besten eine Quelle. Wasser als Voraussetzung für den vegetativen Fruchtbarkeitszyklus ermöglichte den Zugang zu den unterirdischen Fruchtbarkeitsgöttern. Damit war eine Quelle auch eine Opferstätte. Papst Gregor III untersagte 731 die Quellenweissagung. Zudem wäre für die Weissagung mittels Schwänen (wenn es denn so war) ein Gewässer erforderlich gewesen.

Nordöstlich des Kirchenbezirks hieß das Land „Püttenhof".

„Die Pütte bezeichnet einen Brunnen, also die zum Wasser-
schöpfen gestaltete Quelle. Das Gelände lag einst viel tiefer als
heute."[3] Auch in der Nähe des früheren Rathauses soll sich eine
Quelle befunden haben.

Strackerjahn berichtet zudem in dem oben genannten Buch,
dass sich nachts auf dem Kirchhof in Ganderkesee ein Schimmel
zeige. Das Pferd von Odin/Wodan. Wieder ein Hinweis auf eine
germanische Kultstätte.[4]

Für die Anwesenheit germanischer Eliten, die eine Verbin-
dung zur Orakelstätte gehabt haben könnten, finden sich in
Ganderkesee Belege. Östlich des Kirchenbereichs fand sich ein
Hemmoorer Eimer mit dem Leichenbrand einer männlichen
und einer weiblichen Person mit wertvollen Beigaben. (Ein Be-
fund, der für eine Witwenverbrennung spricht?) Dieses in das
2./3. Jahrhundert datierbare Buntmetallgefäß aus römischer
oder provinzialrömischer Produktion war ein Importgut, das
sich im germanischen Barbaricum nur sozial exponierte Personen leisten konnten.

Ein weiterer Hinweis für die Existenz einer Orakelstelle könnte sein, dass die Kirche abseits des damaligen Hauptsiedlungs-
bereichs gebaut wurde. Dieser dürfte westlich des heutigen Ortes gewesen sein, dort wo Funde im Boden einen großen Sied-
lungskomplex aufzeigen und wo man das wüst gewordene Wind-
husen vermuten kann. Die schnelle Umwidmung des Bereichs
zum Gewerbegebiet durch die Gemeinde Ganderkesee verhin-
derte leider eine archäologische Untersuchung. Die Ortswahl
des Kirchbaus könnte somit nicht davon bestimmt gewesen

---

[3] Schröer, Fritz: Ganderkesee – ein alter Kultort, in: Von Hus un Heimat,
September 1966, 33-34

[4] Strackerjahn, Ludwig: Aberglaube und Sagen aus dem Herzogtum Oldenburg, 2. Auflage, 1. Band, 289/290

sein, im Zentrum eines Ortes zu bauen. Vielmehr könnten kultische und religiöse Überlegungen eine Rolle gespielt haben: Die Inbesitznahme und Umfunktionierung einer alten Kultstätte am Platz der heutigen Kirche. Die Windhusener gaben ihren Siedlungsplatz auf und bauten ihre Häuser um die Kirche.

Bei den Ausgrabungen in der Ganderkeseer Kirche im Jahr 1981 fand man an der Stelle eines abgebrannten germanischen Hauses unter anderem Reste der Herdstelle. Quer über dieses Gebäude wurde die erste Kapelle erbaut. Wurde eine heidnische Stätte dadurch christianisiert?

Es fanden sich also viele Indizien, dass sich an der Stelle der Ganderkeseer Gaukirche eine germanische Orakelstätte befunden haben könnte, an der weissage- und zauberkundige Schamaninnen (Seidkona genannt) wirkten. Die waren bei den Germanen dafür zuständig, die Zukunft vorauszusagen.

Man sieht: Der Ganter hat für den Ort Ganderkesee eine große und auch geheimnisvolle Bedeutung. Wäre es dann nicht endlich an der Zeit, ihm ein bronzenes Denkmal mit einem kleinen Teich zu setzen?

Der Laubfrosch

von Jochen Brünner

Der Laubfrosch brütet Jahr für Jahr
überm Steuerformular
und sucht verzweifelt seine Wege
durch Papiere und Belege.
Vorsorgeaufwand, Riester, Spenden,
Beiträge zu Berufsverbänden ...
Beim Soli-Zuschlag brüllt der Lurch:
„Irgendwann dreh' ich noch durch!"

Ein anderer komplizierter Posten
sind immer diese Werbungskosten.
Der Laichplatz, der wird garantiert
als zweiter Wohnsitz deklariert,
wobei das Kilometergeld
dagegen eher schmal ausfällt.
So denkt er manchmal voller Wut:
Die Zugvögel, ja die haben's gut!

Nun muss er noch dem Amt erklären,
wie sehr die Kröten sich vermehren.
Da greift er munter und geschwind
zum Formular „Anlage Kind":
Nicht leicht ist es, dort all' die Massen
auf einem Bogen zu erfassen.
500 schlüpften aus dem Laich:
Das Kindergeld, das macht ihn reich!

Kleintierhaltung – Man wusste sich zu helfen in der Nachkriegszeit!

von Rolf Augustin

Die Zeitumstände

Ende April/Anfang Mai 1945 war bei uns auf dem Dorfe der Zweite Weltkrieg fast zu Ende, aber nördlich meines Heimatortes wurde noch ein paar Tage länger um die „Festung Wesermünde" gekämpft. Wir hatten insgesamt wenig davon mitbekommen, wenn man vom Lichterschein des brennenden Bremens, einem abgeschossenen „Tommy" im Moor und einem Tankwagen absah, der durch den Ort raste und später in Brand geschossen wurde. Ja, es gab auch in meinem Heimatort Gefangene und „Fremdarbeiter", die auf den Bauernhöfen arbeiten mussten. Richtig gehungert haben wir nicht, aber es gab auch nicht viel Auswahl. So mussten die Dorfbewohner selber für alles sorgen. Ebenso verhielt es sich mit den Spielsachen. Selten mal, dass es außer den handgefertigten Autos und Flugzeugen auch „richtige" Eisenbahnen und Schiffe gab.

Ganz kleine Tiere

Das meiste lebendige Spielzeug nahmen wir uns aus der Natur. Sobald die Frösche anfingen zu quaken, fingen wir sie im Burggraben, wie wir den kleinen Bach nannten. Wir sperrten sie in ein Weckglas und nahmen sie mit nach Hause, wo wir mit ihnen in unserem kleinen Garten spielten. Wir ließen sie um die Wette hüpfen, und wenn einer mal nicht so wollte, schubsten wir ihn auch schon mal mit den Füßen oder Stöcken. Etwas später fischten wir dann den Laich aus dem Burggraben und gossen diesen in unseren Bottich, der das Regenwasser auffing, was meine Mutter dann wieder zum Waschen brauchte. Aber auch aus Laich wird Leben, und sogar besonders lebendiges Leben! Und so hatten wir bald eine ganze Regentonne voller Kaulquappen, sehr zum Leidwesen meiner Mutter. Denn nicht nur das Wasser war erst einmal hin, sondern auch unsere Kleidung war verschmiert von den glitschigen Algen der Regentonne. Später fand ich dann auch einen schwarz gefleckten Kammmolch zwischen all den Kaulquappen; und auf den war ich besonders stolz und nahm ihn mit ins Kinderzimmer, wo ich ihn fütterte. Das ist ihm aber nicht gut bekommen.

Etwas größere Tiere

Unsere Mädchen waren Zwillinge, und sie waren sehr nett zu uns. Außerdem hatten sie Kaninchen, das war mindestens ebenso wichtig. Diese „Tierchen" hatten es uns angetan, denn man konnte sie streicheln und mit ihnen spielen, aber sie auch essen, wenn sie gebraten waren. Später hatten wir dann auch eigene „Karnickel", die wir in einem kleinen Gehege vor unserem Haus laufen ließen und mit Löwenzahn fütterten. Aus Haselnusszweigen schnitten wir uns Angelstöcke oder Zwillen und „Flitzebögen", mit denen wir jagen konnten. Anderes Spielzeug hatten wir kaum, höchstens mal einen durchgetretenen Holzschuh von Opa Böttcher, den wir auf dem Burggraben schwimmen ließen. Seine Frau, Oma Böttcher, war für die Pflege des Pfarrgartens zuständig, das sei schon einmal erwähnt.

Unsere Regentonne stand in unmittelbarer Nähe zum Hühnerstall, den Onkel Claus aus Schragenberg Brett für Brett so um 1946 gesägt und dann bei uns aufgebaut hatte. Er hatte etwa das Ausmaß von drei mal vier Metern. Innen gab es eine besondere Kammer für die Hühner mit sechs Nestern. Diese hatte mein Vater nach seiner Rückkehr aus dem Krieg eigenhändig gebaut. Vom Inneren des Häuschens zum Stall führte eine Tür in die Doppelwand gearbeitet, nach außen war eine Falltür, die man mit einem Bindfaden nach oben ziehen konnte, wenn die Hühner raus sollten. Die Doppelwand war ein sicheres Versteck für all die Dinge, die wir fanden und die niemand sehen sollte, wie z. B. Munition, Seitengewehre, Pistolen, aber auch die halbleeren Flaschen mit dem Selbstgebrannten.

Von wem genau wir nun die Küken bekamen, weiß ich heute nicht mehr. Aber aus Küken werden Hühner, und wenn man Pech hatte, konnte es sein, dass man zu viele Hähne dabei hatte. Diese hatten ihr Schicksal spätestens dann besiegelt, sobald sie mit dem Krähen anfingen. Denn sie machten Lärm, stritten sich mit den anderen Hähnen um die Hühner und legten keine Eier. Aber ein Hahn und die Hühner waren uns lieb und wert. Alle hatten sie einen Namen und durften sich neben den Kaninchen auf der Rasenfläche vor unserem Haus ihr Futter suchen. Das taten sie auch ausgiebig, vor allem in Oma Böttchers Kirchgarten in den Beeten mit den Stiefmütterchen. Das brachte schon bald Ärger, auch mit dem Pastor. Und so schafften wir nach ein paar Jahren die Hühner wieder ab und benutzten den Stall zur Aufbewahrung von Brennmaterialien und Gartengeräten, bis er auf behördliche Verfügung des Bürgermeisters abgebrochen werden musste, weil der damalige Außenminister von Brentano durch den Ort fuhr und keine Misthaufen und Hühnerställe sehen sollte.

Mindestens einmal im Jahr zog meine Mutter auch eine oder zwei Gänseküken groß. Sie hatte sich befruchtete Eier besorgt und schob diese dann einer unserer Glucken unter – und siehe da, nach dem Schlüpfen hatten wir auch niedliche Gänschen. Der Festbraten war gesichert.

Nur zum Angucken hatten wir Kinder in den Sommermonaten auch die Jungen der Stare, die in den Nestern unter dem Dach lebten. Da konnte ich dann lange vor dem Nest liegen und beobachten, wenn die Alten den piepsenden Jungen das Futter brachten. Gleich daneben lag der Taubenschlag, in dem zeitweilig auch Tauben nisteten und uns mit ihrem Gurren die Mittagsruhe raubten. Einmal hatte sich eine Wildtaube im Maschendraht des Zaunes verfangen und das Genick gebrochen. Da sie noch warm war, rupfte meine Mutter sie ab und briet sie auch. Aber da ist ja nicht viel dran an solch kleinem Vögelchen, vor allem, wenn fünf Personen hungrig sind.

Noch größere Tiere

Hunde hatten wir mehrere im Laufe der Jahre. „Purzel" war der erste, ein Mischling aus Dackel und ...? Er hielt uns jahrelang die Treue und begleitete uns auf allen Spaziergängen. Als er dann an Altersschwäche gestorben war, heulte die ganze Familie. Eines Tages brachte mein Vater einen neuen Hund mit, einen kleinen weißen Mischlingsspitz. Ein ganz süßes Tierchen, das bald wieder zum Liebling der Familie wurde. Es war eine „Sie" und wurde „Flicka" gerufen nach dem Pferd in den Kinderbüchern, die damals „in" waren. Flicka entwickelte sich prächtig und hatte auch schon bald Junge. Meine Eltern verschenkten alle an die Nachbarn, und schon bald wurde Flickas Sohn „Teddy" der beste Spielgefährte. Als es dann passiert war, erkannte man ihn als Vater der nächsten Generation von weißen Spitzen.

Einen richtigen Misthaufen hatten wir auch, denn wir mussten ja irgendwo hin mit all dem Mist, den unsere Tiere machten. Der unsrige stand direkt an der Hauptstraße, versteckt hinter Büschen, aber er stank trotzdem. So musste er dann verschwinden, als besagter Außenminister zu Besuch weilte. Meine Mutter hat all den Mist untergegraben; so war er wenigstens von der Bildfläche verschwunden und hat auch Nutzen gestiftet. Den meisten Mist hatten wir unseren Schweinen zu verdanken, die wir im Laufe der Jahre im umgebauten Kohlenverschlag hielten.

Um das erste Ferkel zu holen, fuhr meine Mutter mit der Eisenbahn über Bremerhaven und Bremervörde nach Beckdorf, wo sich damals der Bahnhof für die Ortschaft Goldbeck befand, wo viele Augustins lebten. Es waren alles Verwandte, und die meisten von ihnen waren Bauern, wie mein Opa. Neben der Landwirtschaft betrieb er auch einen „Gasthof mit Fremdenzimmer", wo *alle* bezahlen mussten. So auch meine Mutter für das Ferkel. Opa hatte nichts zu verschenken! Wenigstens hatte er dafür gesorgt, dass das Ferkel durch die englische Besatzungszone nach Hagen transportiert werden konnte. Dafür hatte er zwei Viehhändler mit ihrem klapprigen Lastwagen engagiert. Das Ferkel kam in einen Verschlag auf der Ladefläche, und Mutter stieg vorn bei den beiden finsteren Gestalten ein.

Es dauerte nicht lange, bis die Burschen Durst bekamen, eine Flasche Schnaps entkorkten und sich an dem „schwarzgebrannten" Rübenschnaps stärkten. Aber auf einem Bein steht man ja bekanntlich nicht gut, und so ploppte der Korken noch mal und immer wieder, bis die Flasche leer und es meiner Mutter mulmig wurde und sie darauf bestand, nach dem Ferkel schauen zu müssen. Sie blieb dann auf der Ladefläche unter einer Plane, um das Tierchen zu beruhigen.

Doch das nächste Unheil nahte schon bald, und zwar in Form einer englischen Militärkontrolle in Lübberstedt, wo sich ein Munitionsdepot befand und wohin sich die beiden verfahren hatten. Glücklicherweise überstanden das Ferkel und meine Mutter auch diese Gefahr. Irgendwann landeten sie mit den beiden Betrunkenen in aller Herrgottsfrühe in Hagen, wo das Ferkel dann im finsteren Kohlenverschlag zum Schwein heranreifen konnte. Das Halten und Füttern eines Schweins war das kleinere Übel. Kriminell wurde erst das Schlachten, vor allem wenn es „schwarz" gemacht wurde.

Aber das ist wieder eine neue Geschichte.

Krach um Jolanthe

von Herbert Wiese,
upschreven von Harmut Lammert

Dat is woll all meist 30 Johr her, dor seet ik aabens mal bi Witt in Immer in't Gasthuus an'n Disch mit Hans Witt un Herbert Wies, sien Schwaager.

Wi schnackten „ober Dit und Dat" un Herbert vertellde von siene Schwien un de Landwirtschopp.

Nu kennt ji all woll noch dat Stuck „Krach um Jolanthe" von August Hinrichs un ji weet, dat dat naa'n Krieg mit dat Tellen vunne Schwien so 'ne Saak weer. De Buurn maken dor'n Geheemnis vun.

Heff ik nich an todacht un fraagd' Herbert mal: „Segg mal Herbert, woveel Schwien hest du egentlich?" He schnackde vun wat annerswat. Na 'ne Tiet heff ik em denn nochmal fraagt, un nu harr he't mit sien letzten Urlaub in Sponien, käm over ok wedder trüch na Huus un sine Landwirtschopp, un siene Schwien.

Ik fraagd' em also nochmal un he anter wedder nich, bit Hans denn segg: „Du Herbert, Hartmut hett di eben fraagt, woveel Schwien du woll hest." Dor besinn he sick un sä: „Du Hartmut, as ik güstern Aabend in'n Stall weer, dor weern se noch all dor."

Bienenstock im Garten

Elke Mestemacher

Bienen als Haustiere? Naja – als Hausstandsmitglieder, die ein zumindest emotionales Recht haben, in der Menschenwohnung mit aufgenommen zu werden, sollte ich sie besser nicht ansehen.

Aber wie alle Haustiere brauchen Bienen den richtigen, für sie guten Platz. Sie benötigen Pflege, Schutz und müssen gelegentlich gefüttert werden. Und vor allem brauchen sie eine kundige, geschulte Betreuerin.

Das alles ging mir durch den Kopf, als unser ältester Sohn mir ohne Vorankündigung eine schön anzusehende Bienenkiste, fachgerecht von ihm gebaut, schenkte. Im Fachjargon der Imkerei heißt das Bienenhaus „Beute". „Du hattest doch gesagt, dass du Imkerin werden willst, wenn du in Pension gehst", waren seine Begleitworte zu dem Geschenk.

Oha, jetzt noch mit der Imkerei anfangen!? Die Pensionierung war 13 Jahre her. Und übrigens, die Kiste würde sich auch ohne Bienen im Garten gut machen.

Die Gedanken kreisten. Bienen hatten mich schon immer fasziniert. Dann fiel die Entscheidung fast vom Himmel.

Auf dem Hasbruchtag 2016 zeigte ein Mitglied vom Delmenhorster Imkerverein das emsige Treiben von Bienen in einem Schaukasten. Fragen, Antworten, vorsichtige Überzeugungswörter des Bienenfachmanns – und schon hatte ich eine Anmeldung zum nächsten Imkerkurs unterschrieben, und in Zukunft diese Entscheidung nie bereut.

Was so ein kleiner einzelner Bienenkörper produzieren kann – z. B. Honig, Wachs, Wärme, Kühlung – bringt mich zu tiefem Staunen. Und was viele tausend Bienen als Volk zustande bringen, könnte ich nur, wenn überhaupt, nach langjähriger Imkereierfahrung und Forschung erfassen. Ich sehe es als großes Wunder.

Nun habe ich ein Bienenvolk in der schönen Holzbeute in meinem Garten stehen. Und es ist ein Spaß, vor dem Einflugloch zu stehen und dem Ein- und Ausfliegen der krabbelnden Bienen zuzusehen. Bei einigen kann ich erkennen, dass sie eingeflogen kommen. Sie tragen „Pollenhöschen", kleine helle Pollenklümpchen, an den Beinen. Bienen, die mit Nektar nach Hause kommen, zeigen keine Erkennungsmerkmale.

Im Bienenseminar haben wir gelernt, dass wir die kleinen Tierchen mit Zuckerwasser füttern müssen, wenn die großen Trachtenmengen wie Raps- und Lindenblüte versiegt sind. Eine volle „Imkermontur" (Schutzkleidung) kann dabei sehr nützlich sein. Anfänglich traute ich mich nicht, die Schutzkleidung schon im Haus anzulegen und für Nachbarn und vorbeifahrende Menschen sichtbar wie eine weiße Astronautin durch den Garten zu gehen.

Inzwischen weiß die Nachbarschaft Bescheid, und der eine oder die andere fragen auch schon mal, ob sie sich das Leben vor dem Einflugloch ansehen dürfen.

Die Bienen sind nicht aggressiv. Bei ruhigem Herangehen und beim Schauen in den Kasten sind sie nicht so sehr an mir interessiert, sondern nur an ihrer Brut und dem Abladen der gesammelten Nahrung. Und wie erfahrene Imkerinnen es zeigten, wollte ich auch ohne Schutzhandschuhe den Zuckerwassertopf zum Nachfüllen aus der Beute holen. Eine unvorsichtige Bewegung von mir? Was auch immer! Jedenfalls stach mich eine Biene. Das Traurige daran: eine Biene stirbt immer nach dem Stechen und ich bekomme nur für ein paar Tage einen geschwollenen ständig juckenden Körperteil.

Zum Schluss eine nette kleine Beobachtung: Ein grauer Morgen ohne Sonne mit leicht tröpfelndem Regen. (Die Bienen verlassen bei so einem Wetter nicht die Beute.) Eine Meise setzt sich auf das kleine Landebrett vor dem Einflugloch der Beute. Sie muss die Kiste kennen, denn sie fliegt mehrmals täglich daran vorbei.

Aber die Beute ohne krabbelnde und fliegende Bienen davor? Den Grund dafür will der kleine Vogel offensichtlich herausfinden (meine Interpretation). Er schaut in das Einflugloch hinein, hüpft zur Seite, wieder zurück, schaut noch einmal. Hat sich die Sachlage für ihn geklärt? Jedenfalls fliegt er davon.

Ich freue mich auf weitere ergötzliche Erlebnisse mit den Bienen.

Für welche Tiere hat die Gemeinde Ganderkesee eine herausragende Bedeutung?

von Dr. Klaus Handke

Seit meiner frühen Kindheit halte ich mich gerne in der Natur auf, sammle Pilze, interessiere mich für Insekten und beschäftige mich seit meinem 12. Lebensjahr sehr intensiv mit der Vogelwelt, auch in vielen fernen Ländern. Ich habe mein Hobby zu meinem Beruf gemacht. Zusammen mit meiner Frau betreibe ich seit über 30 Jahren ein ökologisches Gutachterbüro. Dabei ist es unsere Aufgabe, unterschiedliche Tiergruppen zu erfassen und deren Vorkommen zu bewerten und Vorschläge zu deren Schutz zu machen. Wenn man sich so intensiv mit der Tierwelt beschäftigt, bleibt es nicht aus, dass man sich auch vor der eigenen Haustür die Natur der Umgebung etwas näher ansieht.

In meiner Jugend in Mannheim habe ich die Vogelwelt der Rheinauen untersucht, später beim Studium in Saarbrücken die dortige Vogelwelt und Libellenfauna und in Bremen ab Mitte der 80er Jahre die Tierwelt der Feuchtwiesen, Gräben und Spülfelder. Seit 1996, d. h. seit nunmehr über 20 Jahren, leben wir in Ganderkesee und haben die Gemeinde auf unzähligen Wanderungen und Exkursionen erkundet. Dabei entstanden auch zwei Bücher über die Vogelwelt der Gemeinde[3] und über den Hasbruch[2] sowie zwei Publikationen über die Fauna von Ganderkesee's Süden[1] und über Tiere und Pflanzen in Ganderkesee[4].

Auf den ersten Blick bietet die Gemeinde Ganderkesee zunächst wenig Spektakuläres für den Naturbeobachter. Es fehlen größere Feuchtgebiete wie Moore, Seen und ausgedehnte Nasswiesen. Beschäftigt man sich näher mit der Fauna, zeigen sich aber einige Besonderheiten wie Mittelspecht, Gartenrotschwanz und Moorfrosch, über die ich kurz berichten möchte.

Vom *Mittelspecht* gibt es weitgehend unbemerkt von der Öffentlichkeit wieder große Bestände. 2013 wurde der Bestand im Gemeindegebiet auf ca. 160 Paare geschätzt. Damit ist der Mittelspecht nach dem Buntspecht sogar die zweithäufigste Spechtart in unserem Raum. Mittelspechte unterscheiden sich vom Buntspecht durch eine hellrote Kappe, einen rosafarbenen Unterschwanz, eine gefleckte Brust und eine andere Kopfzeichnung. Der Gesang vor allem in den Monaten Februar, März und April ist ein nasales „kwek-kwek-kwek-kwek". Er bevorzugt bei uns lichte Laubwälder mit Bäumen, die grobrissige Rinde aufweisen. Dabei handelt es sich bei uns vor allem um über 100-jährige Eichen. Wichtig sind auch viel Totholz und tote Äste im Kronenbereich.

Mittelspechte sind „Absammelspechte", die Spinnen und Insekten in Spalten und Rissen in grobporiger Rinde sammeln. Besonders gut lassen sich diese Spechte im Hasbruch, im Stenumer Wald und in der Feldhorst beobachten. Hier sind Mittelspechte häufiger als der Buntspecht. Insbesondere der Hasbruch hat für diese Art eine herausragende Bedeutung. Kein anderer nordwestdeutscher Wald hat einen vergleichbar hohen Bestand. In den letzten 20 Jahren hat sich der Bestand dort versechsfacht.

Außerhalb der Brutzeit sind Mittelspechte auch in anderen Wäldern, in Wallhecken und in Gärten mit großen Laubbäumen zu beobachten und manchmal auch am Futterhaus in un-

serem Garten anzutreffen.

Der *Gartenrotschwanz* ist erfreulicherweise im Frühjahr wieder überall in den kleineren Siedlungen und an fast allen Bauernhöfen zu hören. Den Winter verbringen die auffällig gefärbten Vögel im fernen Afrika südlich der Sahara. Erst Anfang April kehren die Gartenrotschwänze in die Brutgebiete zurück, wobei die Männchen einige Tage vor den Weibchen eintreffen. Im Zeitraum August bis Mitte September verlassen uns die meisten Vögel wieder. Sie haben eine ähnliche Größe wie ein Rotkehlchen, wirken aber schlanker. Ständig zuckt der im Vergleich zum Rotkehlchen längere Schwanz. Die hübschen Männchen haben eine leuchtend weiße Stirn, eine schwarze Kehle und schwarzes Gesicht und eine orange gefärbte Unterseite sowie einen grauen Rücken.

Der Gartenrotschwanz ist ein Höhlenbrüter, der seine sechs

bis sieben Eier in Spechthöhlen, Gebäudenischen und Nisthöhlen legt. Er frisst vor allem kleinere Wirbellose, die er überwiegend am Boden sucht und auf einer höher gelegenen Sitzwarte frisst. In Gärten ist die Art gar nicht so häufig. Sie bevorzugt bei uns Wallhecken, Waldränder, kleinere Gehölze, lockere Kiefern- und Birkenbestände, Parkanlagen und Streuobstbestände. Vor allem außerhalb der größeren Siedlungsgebiete im Ort Ganderkesee, Heide und Bookholzberg ist der Gartenrotschwanz erstaunlich weit verbreitet und stellenweise auch häufig, wie z. B. im Süden der Gemeinde, im Umfeld von Bergedorf und zwischen Hohenböken und Schönemoor. Mit einem Bestand von mindestens 250 Paaren brütet in unserer Gemeinde über 1 % des niedersächsischen Gesamtbestandes und sie hat damit für diese in Niedersachsen gefährdete Art eine hohe Bedeutung.

Der *Moorfrosch* ist eine weitere überregional bedeutsame Tierart, die nur im Süden der Gemeinde Ganderkesee vorkommt. Nur an wenigen Tagen zur Laichzeit im Frühjahr sind die männlichen Tiere durch ihre Blaufärbung und ihre Rufe unverkennbar. Die Beobachtung solcher Ansammlungen von hunderten blauer Frösche gehört zu den eindrucksvollsten Erlebnissen, die unsere heimische Natur zu bieten hat. Abhängig von den Temperaturen versammeln sich die Moorfrösche von Ende März bis Mitte April an den Laichgewässern, bei uns vor allem an den Schlatts. Bei braunen Fröschen in Gartenteichen handelt es sich immer um Grasfrösche! Als einzige Froschart kann der Moorfrosch auch in sauren Gewässern, d. h. in Mooren, noch laichen. Innerhalb von nur 24 Stunden verfärben sich die Männchen an den Laichgewässern auffällig blau und lassen ihre Rufe (erinnert an das Gluckern einer unter Wasser gehaltenen Flasche) ertönen. Die Lebensräume der Frösche sind Wälder und Grünlandflächen mit hohem Grundwasserstand, insbesondere Moore. Die Überwinterung erfolgt an Land. Mit Hilfe des harten und großen Fersenhöckers kann diese Froschart sich gut in lockere Böden eingraben. Insbesondere im Süden von Ganderkesee ist die Art mit einigen Tausend Individuen im Bereich des „Kiekpadds" noch häufig. Hier lebt eine überregional bedeutsame Population, die allerdings durch Verlandung, Nährstoffeintrag und Austrocknung der Schlatts gefährdet ist. Diese Art ist vom Klimawandel besonders negativ betroffen, da ihre Laichplätze und Sommerlebensräume austrocknen.

Schlussbetrachtung

Beschäftigt man sich intensiv mit der Natur, kann man immer wieder „Neues" entdecken. Hier in Ganderkesee leben die interessanten Tiere vor allem in den alten Eichenwäldern, den Wallhecken und Schlatts, für deren Erhalt wir uns alle einsetzen sollten.

Quellen:

[1] HANDKE, K. & P. HANDKE (2008): Es gibt viel zu sehen – artenreiche Tierwelt im Süden der Gemeinde Ganderkesee. 130 S.

[2] HANDKE, K. & P. HANDKE (2012): Der Hasbruch und seine Brutvögel. Verlag Rieck, Delmenhorst, 124 S.

[3] HANDKE, K., HANDKE, P. & H. LAMBRACHT (2015): Die Gemeinde Ganderkesee aus der Vogelperspektive. Asco Sturm Druck, Bremen, 1. Aufl., 124 S.

[4] HANDKE, K., HANDKE, P. & H. LAMBRACHT (2019): Tiere und Pflanzen in Ganderkesee. Fuhrenkamp-Schutzverein, 126 S.

Tiere im Waldschlösschen

von Heinke Schwarze

Im Waldschlösschen in Stenum spielten Haustiere schon immer eine große Rolle. In den neunziger Jahren, nachdem die Arbeiterwohlfahrt das kleine Seniorenheim übernommen hatte, bezogen 33 Bewohner das Haus. Mit ihnen zogen eine kleine Schar Hühner und ein stolzer Hahn in den Hühnerstall auf dem Gelände des Waldschlösschen ein. Denn es sollte ja immer frische Eier für die Bewohner geben. Der damalige Hausmeister, aber auch einige Bewohner, versorgten die Hühner mit Futter und was dazu gehört, und alle erfreuten sich an ihnen. Da jedoch der Hahn immer aggressiver wurde und sogar Besucher und Bewohner angriff, mussten er und auch seine Hühner das Waldschlösschen wieder verlassen.

Aber schon kurze Zeit später sollte schon wieder ein tierischer Bewohner einziehen. Zusammen mit seinem Herrchen bezog ein kleiner Terrier eines der schönen Bewohnerzimmer. Dieser lustige Hund machte nicht nur seinem Besitzer große Freude, sondern sorgte auch für Unterhaltung bei Bewohnern und Gästen. Leider verstarb der Hund schon nach einem Jahr. Neben der Trauer waren sich alle einig – es muss wieder ein Hund ins Haus. Aus dem Tierheim bekamen wir dann unsere dreijährige Tina, eine Pudeldame, die es liebte, von allen mit Leckereien verwöhnt zu werden. Und so nahm sie in all den Jahren kräftig an Gewicht zu. Tina suchte sich immer eine Bewohnerin, bei der sie sich hauptsächlich aufhielt. So schlief sie des öfteren nicht in ihrem Hundekörbchen, sondern im warmen Bett dieser Bewohnerin. Oder sie ließ sich mit einem Rollator im Haus oder auf dem großzügigen Gartengelände spazieren fahren. Aber Tina war nicht das einzige Haustier zur damaligen Zeit im Waldschlösschen. Eine Bewohnerin brachte etwa zur gleichen Zeit bei ihrem Einzug ihre Hauskatze mit. Außerdem fand ein großes Aquarium mit vielen bunten Zierfischen einen zentralen Platz im Eingangsbereich. Auch ein Kanarienvogel im Zimmer eines Bewohners gehörte fortan zur fröhlichen Tiergemeinschaft. Die ärztliche Versorgung sowie die Beschaffung von Futter und die Säuberung der Käfige und des Aquariums organisierte unser damaliger Hausmeister. Als dieser in den wohlverdienten Ruhestand ging, fand sich leider niemand, der sich um die vielen Tiere im Waldschlösschen kümmern konnte. So mussten die meisten Tiere in andere gute Hände abgegeben werden.

Aber unsere Tina blieb übrig und gehörte weiter über viele Jahre zur Hausgemeinschaft. Sie wurde von allen geliebt und verwöhnt. Natürlich duldete Tina auch andere Hunde, die ins Waldschlösschen zu Besuch mitgebracht wurden, denn Tina war eine ganz liebe, genügsame Hundedame. Als sie dann ungefähr zehn Jahre später verstarb, waren alle sehr traurig. Schnell stand fest, dass ins Waldschlösschen wieder ein Hund einziehen musste. Zwei Mitarbeiterinnen brachten aus dem Tierheim Tobi mit, es handelte sich um einen hübschen, sehr jungen Mischlingsrüden, der sehr verspielt auf alle Menschen zulief. Er besuchte die Hundeschule und lernte sehr schnell. Als er jedoch an einem sonnigen Nachmittag einen Bewohner zum Kaffeetrinken in Lüschens Bauerndiele begleitete, wurde der junge Hund angefahren und lief verletzt davon. Meldungen über das Verschwinden von Tobi bei der Polizei, den Bauern in der Umgebung, der Jägerschaft, dem Tierheim und Aushänge mit Tobis Foto blieben leider ohne Erfolg. Tobi blieb verschwunden und alle, die Tobi liebgewonnen hatten, waren unendlich traurig.

Nach diesem schmerzhaften Verlust kam nun die zarte Mischlingshündin Ilka regelmäßig mit ihrer Besitzerin als Besuchshündin ins Waldschlösschen. Ilka besuchte alle Bewohner und holte sich ihre Streicheleinheiten ab. Auch einige Kaninchen kamen eine Zeit lang aus der Nachbarschaft, im Körbchen auf dem Fahrrad transportiert, mit ihrer stolzen Besitzerin ins Waldschlösschen und genossen auch hier die kuscheligen Streicheleinheiten.

Zu einer Faschingsfeier vor vielen Jahren war sogar einmal ein Pferd im Waldschlösschen zu Gast. Eine unserer damaligen Altenpflegeschülerinnen hatte sich als Pippi Langstrumpf verkleidet und ihren mit schwarzen Punkten bemalten Schimmel mitgebracht. Das war ein ganz besonderer Höhepunkt bei diesem Fest.

Den Anschluss machten alle vierzehn Tage die beiden Golden Retriever Hündinnen Candy und Bira (Mutter und Tochter). Beide waren ausgebildete Therapiehündinnen, die sich gern von unseren tierlieben Bewohnern ausgiebig streicheln ließen. Bira kam bereits als Welpe – zusammen mit ihren Geschwistern und ihrer Mutter Candy – ins Waldschlösschen. Nach jedem neuen Wurf hatten unsere Bewohner die Möglichkeit, mit den Hundebabys zu spielen. Im Rondell wurden alle Tische herausgenommen, die Stühle im Kreis aufgestellt, und in der Mitte des Raumes konnten die tapsigen Hundewelpen, die kleinen Löwenbabys ähnelten, beobachtet werden. Natürlich durften die Kleinen auch auf dem Schoß gestreichelt werden.

Damit ist bewiesen: Tiere sind jederzeit gern gesehene Gäste im Waldschlösschen.

Alma die Fensterspinne

von Irmgard Ullmann

Seit Wochen hat ein Spinnentier
an meinem Fenster ihr Revier.
Getrennt nur durch die Fensterscheibe,
sind ganz vertraut wir schon, wir beide.
Ich nenne sie „Alma", die Fensterspinne,
und hoffe, es ist auch in ihrem Sinne.
Ist Alma morgens aufgewacht,
sie gleich sich an die Arbeit macht.
Das Netzwerk wird erst inspiziert,
was schadhaft ist schnell repariert.
Es wird geflickt, gezurrt, gespannt,
und emsig hin und her gerannt.
Das Netz nun heil mit viel Ausdauer,
dann legt sich Alma auf die Lauer.
Schon zappelt im Gespinst so manch' Getier
in Almas tückischem Jagdrevier.
Verzweifelt versucht man zu entflieh'n,
doch Alma tut die Fäden zieh'n,
und zwar um die gesamte Beute,
sagt dann, es ist genug für heute.
Nun feiert Alma ein Diner,
saugt alle aus und ruft Olé!
Satt und müde zieht sie sich zurück,
doch lange dauert nicht ihr Glück.
Zum Lüften muss ich das Fenster kippen,
gleich fängt das Spinn'netz an zu wippen.

Da droht mir Alma unverhohlen,
Spinnst Du? Dich soll der Teufel holen!
Konnt' wochenlang kein Fenster putzen,
weil Alma dieses tat benutzen.
Und Undank ist der Welten Lohn.
Ja, ja, das hab' ich nun davon!

Kleine Tiergeschichten
aus Wald, Feld und Flur

von Hannelore Kemper

Als ich noch ein Kind im Alter von drei bis acht Jahren alt
war, etwa vor 80 bis 85 Jahren, sahen unsere Städte und Ort-
schaften noch (etwas) anders aus als heute. Sie waren nicht so
dicht besiedelt. Zwischen den Häusern waren außer den Gärten
auch Felder. Und an allen Straßen- und Wegesrändern, sowie an
den Gräben, die es oft gab, und die kleinen Bächen zuflossen,
wuchsen wie auf den Wiesen viele Gräser und Wildblumen.

Wenn ich mich einfach am Wiesenrand auf das gepolsterte
Gras setzte, hatte ich stundenlang Unterhaltung. Wie hübsch
waren die Gänseblümchen, der Löwenzahn, die Glockenblu-
men, das Hirtentäschelkraut, der Knöterich, Spitzwegerich und
Breitwegerich, Margeriten, Lichtnelken und Klee in weiß und
rot, die Butterblumen, die auch Hahnenfuß genannt werden,
das Wiesenschaumkraut, die Stern- oder die Vogelmiere und
viele andere Blumen und Gräser.

Aber es kam noch mehr dazu. Die Pflanzen lockten winzig
kleine und auch etwas größere Tiere an. Ich sah, wenn die Sonne schien, wie die Bienen von einer Blüte zur anderen flogen,
den Blütenstaub an ihren Höschen mitnahmen, während sie eigentlich nur den Nektar aus den Kelchen der Blüten sammeln
wollten. Und so bei der nächsten Blüte den Staub abstreiften,
und wie man mir später erzählte, damit in ständigem Arbeits-
gang, die Blüten befruchteten, so dass sich nach einigen Tagen
oder Wochen die Blüten in Früchte verwandelten.

Wenn ein Korbblütler, wie etwa der Löwenzahn, kräftig gelb

blühte, dauerte es nach der Befruchtung nicht lange, dann hatte sich wie durch Zauberhand die Blüte in einen hellen Ballon verwandelt, der aus lauter kleinen haarigen Fallschirmen, mit je einem Samenkorn daran bestand. Wir Kinder nannten sie dann Pusteblume. Denn wenn der Wind oder wir Kinder in diesen Ballon hineinbliesen, flogen die kleinen Schirmchen mit ihren Samenkernen weit weg in alle Welt. Am Samenkorn waren winzig kleine Haken. Und diese hielten den Kern, wenn die Schirmchen landeten, gut an der Erde fest. Im nächsten Jahr wuchs dort eine neue Löwenzahnpflanze. Manchmal, wenn ein sanfter Wind viele Ballons streifte, kam es vor, dass eine richtige Wiese auf dem Feld entstand und es blühten tausend und abertausend hübsche gelbe Löwenzahnblüten. Das war eine Pracht! Aus den hohlen, hellen Stängeln der Blütenköpfe fertigen die Kinder noch heute gerne Ketten an. Die ganze Pflanze enthält einen weißen bitter schmeckenden Milchsaft, und deswegen wurde früher der Löwenzahn als Heilpflanze benutzt und auch gern als Salat gegessen. Damit wurde der Blutdruck oder die Leber gesund gehalten. Botaniker kannten über 100 verschiedene Sorten Löwenzahn.

Diese wunderschöne Wildblume und die vielen anderen ebenso, brauchten zum Leben noch viele Tiere. Von der Biene haben wir schon gehört. Es kamen auch lauter bunte Schmetterlinge dazu, Zitronenfalter, Kohlweißling, Tagpfauenauge, Schwalbenschwanz, Distelfalter, Bläuling, der kleine und der große Fuchs und viele, die wir gar nicht mit Namen kennen, die aber herrlich anzuschauen sind, wenn sie zwischen den Gräsern, über dem Wiesenschaumkraut oder zum Himmel hinauf in ihrer fröhlichen Flugart taumelten. Oft lief ich den Schmetterlingen noch hinterher und entdeckte immer wieder etwas Neues. Die kleinen grünen Läuse, die häufig an den Rosenknospen sitzen, fand ich auch an Wildblumen. Ich nehme an, dass ihnen der Saft dieser Pflanzen gut schmeckt.

Und schon hatte sich auf der leuchtend gelben Blume ein roter Marienkäfer niedergelassen, und das nicht nur einer. Es kamen immer mehr. Irgendwo musste wohl ein Nest sein. Sie liefen über die vielen Blüten, bis sie die grünen Läuse gefunden hatten. Man erzählt sich, dass die Marienkäfer die Läuse melken. Nach einiger Zeit waren sie wieder verschwunden.

Da sah ich, wie ein Regenwurm aus der Erde über die Blätter kroch und auch wieder in der Erde verschwand. Ich wusste, dass die Regenwürmer mit ihren Kriechgängen die Erde für die Pflanzen auflockerten, und es gab viele Regenwürmer im Erdboden. Wenn der Regen kam, wurde es ihnen wohl zu ungemütlich in der Erde und sie tummelten sich darum häufig zwischen den Blättern und Blüten der Blumen und Gräser. Wurde im Garten gearbeitet, kam es vor, dass beim Erde umgraben einem Regenwurm der Kopf oder der Schwanz abgestochen wurde. Es tat mir fürchterlich weh, wenn ich das sah. Aber mein Vater erzählte mir: Es ist bei den Regenwürmern nicht so, als wenn wir uns in den Finger schneiden. Sie merken es gar nicht. Und wenn der Kopf oder der Schwanz abgetrennt wird, wachsen diese Teile wieder nach und der Regenwurm lebt munter weiter.

Ich saß am Graben und rutschte hinein. Der Graben war zurzeit trocken, aber die Seiten bis zum Grund mit Pflanzen bewachsen, die ich fast alle kannte. Aber es gibt eine, die rosettenartig mit löffelförmigen Blättern flach am Boden wuchs, die mir nicht bekannt war. Sie hat auf ihren Blättern Drüsen. Ich sehe, wie eine Fliege sich auf den Blättern niederlässt. Und was passiert? Sofort bewegen sich die Blätter nach oben und schlagen über der Fliege zusammen und gleichzeitig kommt flüssiger Leim aus den Drüsen der Blätter. Nun ist das Insekt gefangen und betäubt. Die Weichteile der Fliege oder eines anderen Insekts werden mit einem besonderen Ferment aufgelöst und können von der Pflanze verdaut werden. Nur Panzer, Flügel und Beine der Beutetiere bleiben übrig. Die Insekten versorgen den Sonnentau, so heißt die Pflanze, mit wichtigen Nährstoffen, und so kann die Pflanze auch auf saurem nährstoffarmen Torfboden gut wachsen.

Ich sah mich um, rundherum Heide, Glockenheide, Enzian und in einer kleinen Senke wuchsen Binsen und Wollgras. – Mit meiner Hand strich ich über die Glockenheide, die dicht neben der Heide und dem Enzian wuchs, und was war denn das? Es sah fast aus, wie eine ganze Hand voll heller, kleiner Sandkörner. Aber es bewegte sich, wimmelte und war ganz warm. Ich konnte es anfangs gar nicht richtig erkennen. So etwas hatte ich noch gar nicht gesehen. Meistens hatte ich eine Lupe bei mir, auch heute. Das war eine Angewohnheit aus der Volksschulzeit. Wir hatten damals einen sehr guten Naturkundelehrer, der im Unterricht mit uns immer in die freie Natur hinausging und uns vieles zeigte und erklärte und durch kleine stark vergrößerte Lupen anschauen ließ. Und so sah ich nun mit Hilfe meiner Lupe, dass es ein Nest voller winzig kleiner Spinnen war. Eine Kreuzspinne hatte wohl zwischen den kleinen Stängeln der Heide mit Spinnenseidenfäden ein Nest gebaut und viele Eier abgelegt. Durch die warme Sonne waren die Eier ausgebrütet und aufgesprungen. Und nun fingen die kleinen Tierchen an, sich zu bewegen, zu laufen und auch nach Futter zu suchen. – Was man in der Natur doch alles erleben kann, wenn man sich etwas Zeit dafür nimmt. Ich blieb eine Zeit ruhig sitzen, beobachtete die winzigen Spinnen, wie sie aus ihrem Nest liefen und an den kleinen Blumen und Gräsern hinaufkletterten.

Da sprang etwas auf meine Hand. Es war eine kleine Heuschrecke. Diese Insektenart hat verlängerte und durch Muskeln verstärkte Hinterbeine, die sie zum Springen benutzen kann. Und die Männchen fast aller Heuschrecken oder Grillenarten singen auch. Dazu reiben sie die Hinterleisten an den Beinen oder Flügeln gegeneinander. Im Sommer kann man ihre Gesänge lange Zeit hören.

Wenn ich so dasitze und lausche, dauert es meistens nicht lange, und eine Feldlerche steigt vom Boden in den Himmel hinauf. Sie singt und singt, so lange wie sie in den Himmel steigt, und bis man sie fast nicht mehr sehen kann. Und wenn sie wieder herunterkommt, singt sie auch. Wie schön, ja auch an den Vögeln haben wir viel Freude!

Ausflug im Mai

von Ingrid Olfs

Als ich letzte Woche gegen Abend in den Garten kam, entdeckte ich an meiner südlichen Rasenkante vor den frisch gesetzten Steinen eine winzige Kohlmeise. Sie hatte erst wenige Flaumfedern, aber einen riesigen Schnabel, der sich in Abständen weit öffnete und dabei von kräftigem Gepiepse begleitet wurde.

Mit Hilfe meines Fernglases konnte ich ihn gut sehen und auch je einen Elternteil, das dem Kleinen etwas in den Schnabel stopfte.

Bald war ich aber doch versucht, näher 'ranzugehen, um ihm behilflich zu sein, denn der Kleine bemühte sich immer wieder vergeblich, die hohe Steinkante zu bezwingen, um sich in Deckung zu bringen ... Doch plötzlich schaffte er es doch und plumpste hinter die Steinkante unter den Berberitzenstrauch, wo er für mich und seine Eltern unsichtbar wurde. Nun, da er sich sicher fühlte, piepste er um so lauter, so dass die Altvögel nach anfänglicher Irritation ihre Fütterung fortsetzen konnten.

Übrigens vergaßen die Eltern nicht die im Nistkasten verbliebenen Jungen. Immer wieder bekamen diese auch ihren Anteil.

Inzwischen hatte es angefangen zu regnen, und es war ja noch nicht so warm draußen wie jetzt. Dort unter dem Berberitzenstrauch würde der Kleine die Nacht sicher nicht überstehen. Also musste ich doch helfend eingreifen?! Ich holte eine kleine Blumenvase und ein wenig gesponnene Wolle, die ich in die Vase hineinstopfte, um sie dem Kleinen als warmes Nachtquartier anzubieten. D. h. ich wollte die Vase ganz in seine Nähe legen, damit er selbst hineinschlüpfen könnte. Als ich den Berberitzenstrauch erreichte, hatte sich der kleine Ausreißer ein günstiges Plätzchen auf einem Zweiglein dicht am Boden erobert, ganz versteckt, aber nun auch sichtbar für seine Eltern. Ob er die Vase allein finden würde? Und würde es nicht doch zu kalt für ihn werden? Außerdem fielen mir die beiden Katzen ein, die regelmäßig durch meinen Garten streiften.

Nun zog ich doch lieber meine Nachbarin und Freundin Maria zu Rate.

Für sie gab es nur eines: „Stopf ihn doch einfach wieder in den Nistkasten zurück!" – Er durfte nur nicht krank sein! Dann würde er ja die anderen anstecken! Vielleicht hatten die Eltern ihn deshalb hinausgeworfen?

Aber dann würden sie ihn doch nicht mehr füttern! Außerdem schien er mir ein kräftiger kleiner Bursche zu sein!

Also holte ich mir ein paar weiche schwarze Handschuhe, packte ihn vorsichtig mit einer Hand, trug ihn hinüber zum Nistkasten und steckte ihn durch den engen Eingang hinein.

Dort blieb zunächst einmal alles ruhig. Kein Piepsen war zu hören. Aber nachdem ich mich ein Stückchen entfernt hatte, kamen die Eltern zurück und haben noch einige Male gefüttert, bis es fast dunkel war.

Gestern müssen die Jungen ausgeflogen sein, also fast eine Woche später. Und jetzt sehen wir manchmal den einen oder anderen oder auch einen ganzen Trupp junger piepsender Meisen in unseren Bäumen.

Wie viele es sind, weiß ich nicht, aber wir hoffen, dass der kleine Ausreißer auch mit dabei ist.

Nach getaner Tat, meistens dann, wenn die Dämmerung naht, setzt sich ein Amsel-Männchen auf den Dachfirst und flötet seinem Weibchen was vor. Vielleicht auch mir? Oftmals mittags, gerade wenn ich meine Mittagsruhe auf der Terrasse halte, fängt der Vogel an zu jubilieren. Das ist dann ganz schön nervig, und du wartest darauf, dass der Bursche endlich aufhört. Aber dann ist da schon wieder ein Konkurrent, der aus einer anderen Ecke des Gartens antwortet. Es ist schon erstaunlich, wie viel Zeit er mit Gesang verschwendet und auf welche Vielzahl von Melodien eine Amsel kommt.

Schön ist es allemal, auch wenn es manchmal des Guten zu viel ist.

Peter gah rut!

von Waltraut Holldorf

In us Kinnertied is us von'ne Nahberschup een Kater toloopen. Sien Nam' weer Petermann. Wiel miene Twillingsbröör so good un leev mit em umgung'n, harr he woll vörseihn bi us to blieven. Us Nahberfro, de den Kater hörde, heet for us Kinner „Tante Paula". Eenig mogden wi se ok gor nich so geern lieden, se harr so 'ne luute un butte, deepe Stimm! Wi Kinner häbbt us dacht, villicht' mag jo ok Petermann se bloß weg'n ehre Stimm' nich lieden. Nun jo, Petermann blev eenfach bi us. He steeg in un ut bi us, just wi em dat passde.

Dat weer nämlich so: Irgendwann weer von use lüttjen Fensterschieben so'n Stück afsprungen un Mudder sä jümmer: „Dat is'n moi'et Luftlock."

Doch eenig'n good'n Dag's harrn wi mit dat Luftlock so'n lüttjet Belevnis. Wi harrn Sommer un dat weer orig warm. All weern to Bett, Mudder ok, doch wiel dat so warm weer, schleep se ok noch nich, hörde bi dat Fensterlock so 'n beten schüürn un reep „Peter goh rut!" Is denn inslapen un hett sick dorbi ok nix wieter bi dacht, at wenn Petermann dat weer.

Doch an'n annern Morg'n käm use Mieterin to us rin un moß us erst mal vertellen wat se gistern Abend belevt harr! Se weer tämlich lat na Huus kamm', ehr Mann harr wegen de Warmde beide Fensterflögel op'n, weer denn over fast inslapen, he tövde jo op sien Fro. Se klingelte un klingelte, over nums mokde ehr op'n. Tja dat schull nämlich gau gahn in Huus to weern, wiel se ganz gräsige Angst harr. Se harr een Keerl bi us um't Huus schlieken seihn. Dorum weer se eenfach in't Fenster stegen.

Use Fenster weern tämlich hoch, un se wuss den annern Morgen, wi se sick dat rech' ankieken dee, eenig gor nich wi se dor so gau hoch klattern kunnt harr. Tant Lisbeth weer man recht stief, wi se sülb'n von sick süllm seggen dee. Doch nu fung ok Mudder woller neet an to denk'n un ehr ful dat Schüürn anne Schiev von gistern Abend woller in: „Of dat woll gor nich use Petermann wesen ist?" Man, ober us Gedank'n kreisden nu noch wieter! Wat hett de Kerl woll dacht, wi he to hörn kreeg: „Peter gah rut!" Oder hätt he dat sogar mit de Angst to doon kreegen, weer weet dat?

Mein Heimchen am Herd

von Maria Woßlick

Ich bin 75 Jahre alt, fahre im Rollstuhl, trage ein Hörgerät und habe ein Abenteuer in meinem Haus erlebt.

Eine Art Zirpen oder Quietschen war nicht zu überhören, wenn ich im Haus herumfuhr. Ich dachte: „Oh, ich muss meinen Rolli ölen, er quietscht." Bald aber merkte ich, dass das Geräusch auch zu hören war, wenn ich ganz gemütlich und ruhig dasaß. Also, der Rolli konnte es nicht sein. Abends beim Kartenspielen war es ganz deutlich und laut zu hören. Meine Freundin meinte, es hört sich an wie ein Heimchen, das in den lauen Sommernächten zirpt. Ja, stimmt, so hört es sich an. Was für ein schöner Gedanke an diesen kalten, grauen Wintertagen.

Ich bemühte also Tante Google, und tatsächlich: Heimchen suchen im Winter gern die feuchte Wärme der Wohnung. Ja, stimmt, vor dem Badezimmer war es besonders gut zu hören. Um ihm einen Gefallen zu tun, ließ ich ab jetzt tagsüber die Badezimmertür offen. Ich freute mich über mein neues Haustier, das zirpte und für mich sang, besonders wenn ich durch zwei bestimmte Zimmer rollte. Auch meine Besucher in dieser Zeit waren berührt und tief beeindruckt.

Aber wie bleibt es am Leben? Was frisst und trinkt es? Und wie sind seine sonstigen Gewohnheiten?

Liebevoll und fürsorglich bereitete ich ihm ein Tellerchen mit Wasser, Früchten und Haferflocken, natürlich Bio, denn bei Google steht, dass es sehr empfindlich auf Gifte reagiert und sofort daran sterben könnte. Das wollte ich natürlich nicht riskieren.

Wochenlang fühlte ich mich durch seine Laute an den Sommer erinnert. Es erwärmte mein Herz. Und sogar beim nächtlichen Toilettenbesuch hat es musiziert. Treu wechselte ich alle zwei Tage sein Wasser aus und überlegte, wo es sich wohl versteckt hielt. Ich habe es nie gesehen, nicht bei Tag, nicht bei Nacht, nie. Eine Freundin meinte, es lebt in einer Spalte, vielleicht zwischen Wand und Zargen, denn da war es besonders gut zu hören. – Es scheint scheu zu sein. Ich redete manchmal mit ihm und hoffte, dass es sich an mich gewöhnt. Ich war fast ein bisschen stolz, so ein Tierchen zu beherbergen, das für mich singt. Besonders deutlich und lebendig schien mir sein Zirpen, wenn ich Musik hörte oder Besuch hatte. Ich meinte, seine Vorlieben zu erkennen.

Aber eines Tages, es war im Februar, platzte der Traum. Ich telefonierte mit einem Freund, der meinte: „Was ist das für ein Geräusch im Hintergrund. Ich glaube, dein Rauchmelder braucht eine neue Batterie." „Nein", sage ich entrüstet, „das ist mein Heimchen, das beherberge ich schon etliche Wochen."

Er: „Das habe ich auch schon erlebt und das vermeintliche Insekt vergeblich gesucht. Achte mal darauf, ob dein Heimchen in regelmäßigen Abständen zirpt, in Intervallen, etwa alle 30 Sekunden." – Ich habe es nicht geglaubt. An diesem Abend habe ich beim Kartenspielen dauernd verloren, weil ich nach jedem Zirpen vor mich hin zählte. Ich konnte und wollte es nicht glauben. Alle 30 Sekunden war es zu hören, ganz rhythmisch.

Aber wieso war mir das nie aufgefallen? Mir fiel es wie Schuppen von den Augen, mein Hörgerät! Ich trage es in der Wohnung nicht ständig, sondern nur, wenn ich Besuch habe oder Musik höre. Mein Heimchen ist also der Rauchmelder vor meinem Badezimmer, der eine neue Batterie brauchte.

Die Illusion ist zerstört. Aus der Traum – es war ein schöner.

Wo Forelle sich und Hering küssen!

aus dem Archiv der Familie Abel aus Habbrügge

Folgt der Leser dem alten Dichterwort, so landet er sicher im idyllischen Welsetal und damit namensgebend der Welsestraße in der Bauerschaft Habbrügge. Die Hausnummer 23 ist eine Adresse mit langer Tradition, denn schon im Jahre 1661 wurde sie erstmalig in den dörflichen Urkunden erwähnt. Seit 1808 ist der Familienname Abel mit Haus und Hof verbunden. Der Bauernhof wurde als rein landwirtschaftlicher Betrieb geführt und zeitgemäß erweitert.

Im Jahre 1973 riskierte es die Familie, die nassen Wiesen zu nutzen, zwölf Teiche auszubaggern und sie für die Forellenzucht zu präparieren. Ein neuer Betriebszweig war geboren. Die Forellenzucht begann mit einfachen Mitteln. Das Befruchten der Forelleneier erfolgte in „Omas schwarzem Kochtopf", wie es im ersten Zeitungsbericht über Forellen-Abel zu lesen ist. Die gesamte Produktion, von der Aufzucht bis zum Verkauf der frisch geräucherten Forellen lag in den Händen der Familie.

Die Frische und Qualität der grünen und geräucherten Forellen sprach sich in der Region schnell herum. Die Platten mit Räucherforelle gehörten bald zu jedem Hochzeitsbuffet, zur Silvesterparty und zu vielen Festtafeln. Die Forellen hatten immer Saison, weil sie jederzeit rauchfrisch zur Verfügung standen. Die ständige Anpassung an den Markt, über die geforderten Standards hinaus, machen Forellen-Abel noch heute aus. Was 1973 mit dem Anlegen von Forellenzuchtteichen begann, hat sich im Laufe der Zeit zu einem EU-zertifizierten Betrieb entwickelt, dessen umfangreiche Produktpalette den gesamten Fisch- und

Seafoodbereich umfasst – von A wie Aal bis Z wie Zander. Auch im Jahre 2025 arbeitet das Unternehmen erfolgreich als inhabergeführter Familienbetrieb.

Auf vielen Events in der Gemeinde wie Matjesfesten, Gewerbeschauen und Märkten hatte Forellen-Abel seinen Platz, aber eine Tradition wird hoffentlich noch lange bestehen: Nach dem berühmten Fasching um den Ring in Ganderkesee, das *Heringsessen am Aschermittwoch!*

Zu Amtszeiten von Bürgermeister Gerold Sprung und seiner Sekretärin Elsbeth Engelbart erschien den beiden das „Faschingsausklangstreffen" am Aschermittwoch im Rathaus doch etwas zu trocken und dem Anlass nicht würdig genug. Ein Heringsessen, natürlich von Abel, sollte die Schlüsselrückgabe im Rathaus nach der turbulenten Faschingszeit „aufpeppen". 1989 wurden erstmalig die Salzkartoffeln bei Elsbeth Engelbart zu Hause gekocht und ins Rathaus geschafft. Auf ihrem guten Goldrandgeschirr wurde dann der Hering von Abel für das Faschingsgefolge, Rat und Verwaltung serviert. Der Service hat sich heute geändert, und im Rathaus steht inzwischen eigenes Geschirr zur Verfügung. Aber das Heringsessen als festlicher Abschluss der Faschingssaison im Rathaus gehört einfach dazu.

Die Verbundenheit der Familie Abel mit dem Fasching um den Ring in Ganderkesee wurde im Jahr 2005 manifestiert, als Peter Abel als Faschingsprinz den großen Umzug anführte.

So kam ich auf den Hund

von Elke Stadler

„Ich habe einen Hund für dich. Du kannst es dir noch überlegen." So begrüßte mich mein Nachbar, als er zum Geburtstagskaffee zu mir kam. Am nächsten Tag besichtigte ich acht wuselnde Welpen in einem Wohnzimmer in Hude, dazu die Hundeeltern und im Nebenzimmer ein vier Wochen altes Baby. Ich konnte nicht widerstehen. So zog Rikka mit neun Wochen bei mir ein. Niemals hatte ich an einen eigenen Hund gedacht, zumal ich allergisch reagiere bei Katzen, Kaninchen und eben auch Hunden. Doch wie auch bei dem früheren Nachbarshund passierte mir bei meinem Hundchen nichts. „Sie lieben wohl den Hund", meinte einmal eine Ärztin.

In der Hundeschule hieß es: „Das ist ein Anfängerhund", und schon bald zeigten sich die Qualitäten. Zwei große Hunde hatten mich beim Toben umgerissen. Rikka setzte sich vor mich. „Brauchst du Schutz?" „Nein", meinte der Hundetrainer, „Sie werden beschützt."

Wie soll meine Hündin heißen? Beim ersten Tierarztbesuch schrieb eine Ausländerin Rikka mit zwei „k". So blieb das. Sie ist ja etwas Besonderes – für mich. Werde ich nach der Rasse gefragt, antworte ich manchmal: „Es ist ein Chopudate", die Abkürzung für Chow-Chow, Pudel, Dackel, Terrier, Tibeter, ein Mischling, sehr robust, war noch nie krank und läuft mit fast elf Jahren am Tag noch spielend 20 km und mehr neben meinem Rad. Einmal nahm ich mit ihr an einem Sponsorenlauf teil. Wir trabten zehn Kilometer rund durch den Ort. Ein Herr fragte: „Kann der Hund noch laufen?" Der Hund?

Rikka ist einfühlsam. So nehme ich sie gelegentlich mit, wenn ich für den Hospizkreis Sterbende begleite. Menschen, die früher einmal einen Hund besaßen, empfinden Wärme und Trost, und auch Ablenkung von den Gedanken an den Tod.

In einer Gruppe meinte eine Frau, deren Mann zwei Wochen zuvor plötzlich gestorben war: „Ich kann es immer noch nicht begreifen." Eine Andere erwiderte: „Mein Mann ist schon 1 ½ Jahre tot, ich kann es auch immer noch nicht fassen." Mein Hundchen döste zu meinen Füßen, erhob sich und ging zuerst zu der einen und nach einiger Zeit zu der anderen Frau.

Bei einer Sterbebegleitung besuchte ich einmal außer der Reihe eine Kranke. Ich sah sofort: „Heute geht es ihnen aber nicht gut." „Wenn ich doch den Hund haben könnte." Sie verwöhnte ihn bei unseren Besuchen immer mit Wurstscheiben, obwohl sie selbst kaum noch etwas aß. Ich hatte in der Nähe zu tun und war mir völlig sicher, dass ich Rikka allein bei ihr lassen konnte. Als ich nach einer halben Stunde zurück kam, begrüßte sie mich: „Jetzt geht es mir schon besser."

Mit einem 44-Jährigen machten wir in den letzten Monaten, bevor er starb regelmäßig Spaziergänge mit dem Rollstuhl. Einmal bat er: „Können wir noch warten?" Die 10-jährige Tochter hatte an dem Tag länger Schule. Sie begleitete uns oft. „Dann können die beiden (Kind und Hund) doch wieder über die Wiesen tollen." Zur Freude aller.

Rikka muss über besondere Fähigkeiten verfügen. Einmal weckte sie mich dreimal mitten in der Nacht. Ich wurde ärgerlich. „So etwas fangen wir nicht an." Am Morgen erfuhr ich, eine alte Dame war gestorben. Sie wohnte einen Kilometer von mir entfernt. Rikka war nur zweimal bei ihr. Sie muss das Sterben gespürt haben.

Eine Aufgabe hat Rikka von Anfang an übernommen, die eines Wachhundes. Sie beschützt mich und das Haus. Eine Tür-klingel brauche ich nicht mehr. Sie kann stundenlang an der Leine vor der Tür liegen und das Geschehen auf der Straße beobachten. Manchmal entwischt sie allerdings unbeobachtet durch die Terrassentür, die Straße einmal hoch und runter – nicht gerade zur Freude von Joggern und Radfahrern.

Freude und Spiel kommen auch nicht zu kurz. Holen wir die Enkelin der Nachbarn vom Schulbus ab, zerrt Rikka an der Leine, schon lange, bevor der Bus überhaupt zu sehen ist. Die Freude ist riesengroß, wenn die 8-Jährige endlich aussteigt. Ein-mal meinte sie: „Ich möchte heute nicht zum Sport gehen. Es ist zu heiß." Trotzdem wurden im Garten Hürden aufgebaut. Mit Hilfe von Leckerlis sollte Rikka springen. Mein Hundchen kannte das schon von der älteren Schwester. Waren die Hin-dernisse allerdings zu hoch, flitzte Rikka nebenher oder unten-durch. Die Temperatur von über 30° war vergessen, Kind und Hund waren glücklich mit nassgeschwitzten Haaren.

Manchmal wird Rikka von Bekannten ausgeliehen – einfach nur, um sich an ihr zu erfreuen. Ich hoffe, wir erleben noch ein paar schöne gemeinsame Jahre mit Urlauben an der Ostsee, auch wenn sie wirklich kein Wasserhund ist.

Nachtrag: Inzwischen ist Rikka im Sommer 2022 nach einem ganz besonders schönen Urlaub an der Ostsee verstorben, fit und unkompliziert bis zuletzt. Sie hat nie gejammert, obwohl sie einen Tumor im Hals und stark abgenommen hatte. Jetzt liegt sie bei mir im Garten. Wir hatten über 16 Jahre lang eine wunderbare Zeit zusammen.

Der Schäfer Karl-Heinz Becker

von Bernd Vieregge

Wie schön, das alte Rathaus von Bremen und die Bürgerschaft einmal von innen gesehen zu haben. Der Tag des offenen Denkmals hatte dazu eingeladen, und den Film dazu habe ich fast fertig geschnitten. Da stürmt meine liebe Frau in mein Zimmer, um mir aufgeregt mitzuteilen, dass ein Schäfer mit hunderten von Schafen auf dem „Trendelbuscher Weg" Richtung Rethorn unterwegs ist. „Ein tolles Motiv", gibt sie unruhig von sich und fordert mich auf, die Schafe einzufangen. Mit der Kamera natürlich, alles andere überlasse ich lieber dem Schäfer oder seinem Hund.

Recht hat sie, denke ich mir, schnappe die Kameratasche, schwinge mich aufs Fahrrad und sage zu mir selbst: „Wie gut, dass ich immer vorsorge und den Akku für die Kamera stets geladen habe." Am Forstweg schließlich, glaube ich meinen Augen nicht zu trauen. Mindestens 300 Schafe, ein Hund am Ende der Herde und vorne der Schäfer. Kurzerhand stelle ich mich vor und bitte darum, ein paar Aufnahmen machen zu dürfen. Und ich habe mal wieder Glück. Der Schäfer Karl-Heinz Becker ist weder kamerascheu, noch hat er Einwände, dass ich seine Herde filme. Mit seinen mindestens 300 Schafen und seinem Border-Collie „Jessy" ist er auf dem Weg zur Weide angrenzend an die „Ollen". Auf dem Fahrrad sitzend, mit der Kamera in der Hand, lasse ich schon ein paar mal die Kamera leise surren.

Nach rund drei Kilometern erreichen wir die große Weide mit Blick auf die schöne Wesermarsch. Und ich staune nicht schlecht, wie Karl-Heinz Becker mir ohne zu zögern vor der laufenden Kamera Rede und Antwort steht. „Schließlich ist es nicht das erste Mal, dass ich in Bild und Ton interviewt werde", erklärte er mir bereitwillig. „Richtig, ich erinnere mich an ‚buten un binnen', bei strengstem Winter in Almsloh", erwiderte ich. Die Frage war damals, ob es für die Lämmchen nicht zu kalt, und ein Stall geeigneter wäre. „Die Tiere sind das gewöhnt und abgehärtet. Ein Stall kommt für mich nicht infrage. Das bringt nur Probleme. Die Enge und die Wärme machen die Tiere anfälliger", belehrte mich der Schäfer. Weiter erfuhr ich, dass ihm im Umkreis von 20 Kilometern verschiedene Weiden zur Verfügung gestellt werden. Hin und wieder fällt eine geringe Pacht an, in der Regel aber nicht. Schließlich halten die Schafe das Gras kurz und düngen gleichzeitig die Weide. Ein sogenannter Interessenausgleich. „Das größte Problem ist die Bahn", klärte mich Herr Becker auf. „Beim Überqueren der Gleise schlossen sich letztes Jahr die Schranken. Über 50 Tiere und der Hütehund kamen dabei ums Leben." So traurig es ist, aber daraus zog ich den Schluss, dass der Beruf des Schäfers wohl viel Idealismus erfordert, aber auch eine Menge Geld abwirft. „Nein, nein", so der Schäfer, „Geld verdienen kann ich damit kaum. Es gibt zwar eine Prämie vom Staat, alles andere ist Hobby."

Ja, so muss es wohl sein, überzeugte mich Karl-Heinz Becker. Denn nicht nur die vielen Schafe hält er. Im Rückhaltebecken in Delmenhorst kümmert er sich noch um seine Rinder, Ziegen und Pferde, und auf seinem Hof in Ganderkesee tummeln sich viele Hühner, Enten, Gänse, Puten und sogar Esel. Das alles zeugt von großer Tierliebe und Naturverbundenheit.

De Hohn'schrei!

von Waltraut Holldorf

As ik 1948 ut de School käm, weer dat jo noch 'ne schlechde Tied. Ok Lehrsteern geev dat nich! Dor bleev eenig bloß, eersmal na'n Buurn hen, de kunnen domals noch Lüür bruuken. At lüttje Maagd fung ik mien'n Deenst an. Mak'n moß'n wi aalns. Mit de Grootmaagd in Wessel, weer een von us Deerns in 'ne Köök un Huus tostännig un de anner Deern moß all Arbeit op'e Daal maken. Keuh un Swien fodern, Melkgeschirr wasch'n un väl's mehr. To de Tied geev dat noch kien Melkmaschien un Köhlanlag'. De Melk wurrd jeden Dag afholt un na de Molkeree henföhrt.

Wi ik mi all so'n bet'n inleevt harr un wuss wi in so'n Betrieb allens loopen de, wurrd mi dat Höhnerveeh todeelt. Mutt ok segg'n, hett mi Spaß makt. Wi harrn Höhner, Aant'n, Göös un ok'n poor Puter's. Dat Fellervolk leep all free rumm, numms weer hier inspeert. In'n Mai wi dat Weer moi warm wurrd, kreeg'n wi 300 lüttje geele Küken. Dat Kükenhuus wurrd trecht makt, de künstliche Kluckhen'n wurrd mit Brikett anbött, so kunn'n sick de lüttjen Kük'n moi warm holen. Over wenn de Sünn scheen, denn druff'n se ok no buten lopen. Doch dor harr us Buur rutkreegen, dat de Hobicht sick so'n lüttjen Küken holen dee. Wat nu, wat makt wi. De Küken moß'n doch no buten, se wurrn jo grooter, schull'n ok jo robuster weern. So wurrd ik dorfor utkeeken, so lang'n de Sünn scheen, moß ik dorbi sit'n un oppass'n. Mit ne groode Schuuvkor vull drögde Bohnen de utpuult weern moß'n. Vesper wurrd herbrocht. Wat ik ober fors, weer de Buurnfro uter Sicht, anne Schaap wieter geven dee. Dat Vesperbrot bestünn ut 'ne Schiev Swartbrot, denn Smolt un op dat Smolt käm Sirup, dichbackt mit'n Schiev Graubrot.

Düsse Tohopstellung kunn ik nich dör'n Hals krieg'n ober dee Schaap häbbt sick dat schmeck'n laten.

Ober wat ik hier eenig vertellen wull: As ik so middemang twusch'n dat Fellervolk seet, weerd ik sowat wi Tier un Natur verbunn'n. Die Aantenfamilie op'n Diek, wi de levden, jo un ok sick leevden, denn dat weer jo Föhrjohr.

Doch de Aanten weern ok schlachtriep. Un een Kööper ut Bremen, de jedet Johr käm, wull woller mal eene Aant koopen, nehm se lebennig mit. Us Buurfro greep sick eene Aant steck se in'n Sack, de Erpel schull at erste weg, wiel de jo kien Eier leggen dee. Weil ik jo noch jung weer un von Landwirtschaft nix verstahn dee, glövde se mi nich, bit de lessde Aant verkofft weer, wat de Erpel weer. Of man mi hier woll glövt, at ik schadenfroh weer, wie at lessde Aant de Erpel vokofft wurrd?

Doch de Tied loppt wieter! Woller een moi'n Dag mit Sünnschien. Harr mi jus woller bi mien Küken dalsett', so geev de Hahn een afsünnerlichet Kreihn von sick. Wat weer dat? De Küken suusden as op Komando in't Lock. Ik keek na'n Heven, jo dor flog woller de Hobicht. För mi weer dat irgendwi een Wunner! So harrn doch de lüttjen Deerter, von ehrn Vadder Hohn moi'n Instinkt mitkreegen. Ober dit lüttje Wunner in'ne Tierwelt, häbb mi dat Tonutze makt. Ersmal häbb ik dat utprobeert, so as de Hohn kreiht, dat namakt un wat meent ji woll? Dat funktioneerde allerbest. Ober to faaken druff ik dat ok nich maken, denn full'n de Küken op den verkehrden Hahnschrei nich mehr rin. Heff dat bloß makt, wenn Sonndagabend gau Fierabend wee'n schull. Denn dat weer jümmer 'ne tämliche Arbeit, de Küken to Rauh to bringen. Eenig moß'n wi dat jümmer to tween'n mak'n, denn wenn de lessden Küken binnen weern, käm' de ersten all woller ruutloopen. So makde ik mi dat bloß Sonndags tonutzen, wenn ik alleen weer. So mök ik mien Hahnschrei volut'n un de Kük'n weern all Mutz midde Mutz in'n Stall un ik harr Fierabend. De Buurfro weer woll'n beten verwunnert, frogde over ok wieter nich na. Ik weer gau verswun'n, denn an een bestimmden Platz tövde jo wat Besunners op mi!

Der wunderschöne Schmetterling

von Werner Lüdeke

Seit Tagen sitze ich vor einem von mir handschriftlich verfassten Manuskript für großes sinfonisches Blasorchester, um dieses mittels Notenschreibprogramm im Computer einzugeben.

Plötzlich, es war am Morgen, kam ein Schmetterling geflogen, mit Namen Tagpfauenauge, setzte sich auf meine rechte Hand und blieb dort seelenruhig sitzen. Trotz Pusten und Bewegen der Hand, der Schmetterling regte sich nicht. Ich stand jetzt vom Schreibtisch auf und ging zur Haustür, um dem Eindringling wieder die Freiheit zu geben. Aber auch hier im Freien ließ sich der Schmetterling nicht dazu bewegen, von meiner Hand zu fliegen.

Ich ging in den Garten, wo ein sogenannter Schmetterlingsbaum stand und setzte den Eindringling auf eine Blüte. Ich konnte nun beobachten, wie intensiv dieser Schmetterling mit seinem Rüssel den Nektar in sich hineinsog. Völlig ausgehungert hatte er wohl die ganz Nacht bei uns im Wohnzimmer verbracht. Mit meinem Handy konnte ich ganz an den Schmetterling herangehen und ein Foto machen, um ihn so für alle Zeiten unsterblich zu machen.

Op de Straat mit dat „Muttentaxi"

von Hanna Drieling

An een Februardag vör veel Johrn, dor leeg ganz veel Schnee, moß Jan mal wedder mit sien „Muttentaxi" een Mutt hol'n to een Levensspeel mit sien Hauer. (Froeher wurrn de Mutten övern Weg oder lüttje Straat no'n Hauer dreben, bi us gung dat al mit dat „Muttentaxi" över de Straat.) Jan makte sik up na Ostrop, un wiel he so gern een lüttchen drinken moch, vör all'n Dingen, wenn't denn umsünst geev, fullt em in, dat Oma Brandt vandagen Geburtsdag harr. So holde he erst de Mutt aff un fohrde dor mit na Oma Brandt, wo jo all mehr Lüü seten. Oma Cassens weer ok dor un se fragte Jan, off he ehr woll mit na Huus nehmen kunn?

Jan, immer good gestellt, sä ehr glieks to. Nu schlok he gau de veer billigen Schlucks runner un denn gung dat los mit Oma un de Mutt över de Straat na Wornborg. Bi Cassens ankamen, föhrde Jan dicht an de Döör, de van buten in de Köök gung, dormit Oma nich so wiet dör den Schnee lopen moß. Oma stund in de apen Döör, bedankde sik un Jan versochde tröges dor rut to föhrn. Man dat gung nich, he harr sik in den Schnee fast-föhrt. Jo, nu moß he den Anhänger erst afhaken. Over erst moß de Mutt ut'n Hänger rut. Nu weer goode Raat düür. Oma stund immer noch in de open Köökendöör un reep: „Mak de Daaldöör open un laat de Mutt dor solang rin!" De Vörschlag weer good! Jan makte de Daaldöör open un de Klapp van den Anhänger runner un de Mutt leep liekers in de Köökendöör twüschen Oma's Been dör un neh'm Oma trügges een End mit rin inne Köök. Oma holt sik an den holten Lehnstohl fast un fallt dorin.

Se schreit um Hülpe, man de Mutt leep unnern Disch, de keem hoch un de Rest van dat Fröhstück un dat Graubrot, wat de Bäcker s'morgens rinlangt harr, fullt al bi Oma vör de Fööt. Se greep na dat Graubrot un holt de Mutt dat hen, de sick all wedder umdreiht harr, un mit een paar Snutvull harr de dat ganze Graubrot ut de Hand freeten. Oma haude mit'n Foot de Butendöör to un de Mutt suuste nochmal unner'n Disch dör na den Kühlschrank. Mit de Snuut faatde se dor unner, de Döör sprung apen un alln's klöterde up den Steenfootbodden. Melk, Sprudel, Käs' un Botter, all'ns dörnanner. De Mutt wull dor noch von freeten, man de Schöörn weern ehr woll to scharpkantig. Nu gung dat bi de lüttjen Schränk; wedder mit de Snuut unnerfaat sprung de Döör open un de Afwaschdöker, Putzlappen, Schohcrem un Handfeger un Schüpp verdeelden sik noch up dat leeste Stück Footbodden. Mittlerwiel harr de Mutt an de Döör na de Daal so lang rummstott, dat de open sprung un de Mutt sik up de Daal vergnögde, wo se jo all furs hen schull.

Oma fullt een Steen van Harten. Se seet in'n Lehnstohl midden in dat Chaos, jüss at up'n Müllplatz. Jan harr jo van dat Specktakel nix mitkreegen un weer bi'n Nahber, um Hülp to holen. Man dor weer he jüst bi den Richtigen. De mochde „Hullmann Lies" ok so geern un so seeten de Beiden in de uprüümde Köök un prosten sik to. Fied weer woll bald so vull, dat an Hülp' nich mehr to denken weer un Jan sien Anhänger mit anner Hülp' ruttrecken moß. He kunn mit veel Tied de Mutt in'n Anhänger lotsen un endlich över de sneefreee Straat na sien Hauer bringen.

Dat is eene wohre Begebenheit ut Wornborg; is lang her … un dat „Muttentaxi" föhrt ok all lang nich mehr up de Straat. De Namen sind ännert.

Vierbeiner in der Tagespflege

von Susanne Kodanek

Es ist Dienstag, es ist halb zehn, schon seit einer halben Stunde sitzen acht Gäste der Tagespflege „Senioritas" im gemütlichen Wintergarten und warten aufgeregt auf Bailey. Bailey ist ein ausgebildeter Besuchshund, der mit seinem Frauchen Ingrid für den Malteser Hilfsdienst in unserer Region im Einsatz ist. Der Besuch der beiden wird den Gästen der Tagespflege Freude bereiten, vielleicht Erinnerungen wecken, oder einfach nur aus dem normalen Alltagstrott herauslocken.

Als Frauchen und Hund auftauchen, fangen die Augen der Senioren an zu glänzen, und die Kommunikation der Gäste untereinander setzt ein. „Mein Hund zu Hause sah fast so aus wie Bailey", so tönt es aus der rechten Ecke. Pst! Leise! Jetzt wird sich wieder auf Bailey konzentriert, denn jetzt geht das Therapie-Programm los!

Demonstrativ zieht Hundefrauchen Ingrid sich eine Arbeitsschürze an, in deren Taschen Leckerlis versteckt sind. Und Bailey bekommt sein Arbeitshalsband umgebunden. Nun weiß der Hund: Ich bin im Dienst und muss mich um die Gäste kümmern. Ingrid hat schon heimlich Leckerlis an die Gäste verteilt. Die Senioren versuchen den Hund zu locken und sie streicheln Bailey hinter den Ohren, was er besonders mag. Bei drei Gästen springt Bailey sogar auf den Schoss, rollt sich zusammen und lässt sich streicheln und kraulen. Was so leicht aussieht, ist für Frauchen und Hund eine Zeit der Konzentration; nach einer halben Stunde sind beide geschafft. Zur Belohnung und zum Abschied gibt es selbst gebackene Leckerlis. Dankbare Menschen winken den beiden hinterher. Dieser Besuch war eine interessante Abwechslung!

Die Malteser haben mit ihrem Projekt „Besuchshunde" eine Lücke in der ehrenamtlichen Betreuung pflegebedürftiger Menschen geschlossen. Ob zu Hause, in Pflegeeinrichtungen oder bei uns in der Tagespflege, Bailey und ihre vierbeinigen Kollegen Charly, Luna, Lova und wie sie inzwischen alle heißen, bringen Freude zu den Menschen. Selbst Heike Walter, die das Projekt bei den Maltesern betreut, bekommt glänzende Augen, wenn sie auf ihr „Baby" angesprochen wird.

Inzwischen kommen die „Besuchshunde" an jedem Dienstag zu uns in die Tagespflege. Wir freuen uns darüber, dass wir damit die Herzen unserer Gäste erreichen und ein Lächeln in die Gesichter zaubern können.

Mein Freund Mecki

von Jutta Liß

Es war einmal ein Garten Eden. Und es gab einmal ein Kinderbuch über unseren stacheligen Freund, von dem ich nur noch die Bilder erinnere und jetzt selber eine Geschichte dazu schreiben will.

Unser lustiger Geselle heißt Mecki. Er hat keine natürlichen Feinde. Aber sollte ihm doch einmal jemand zu nah kommen, so macht er sich rund und igelt sich ein. Das ist eine perfekte Strategie! Ein Störenfried holt sich eventuell eine blutige Nase. Unser kleiner Hund Tapsi verstand schnell, dass dieses kein so guter Spielkamerad war und ließ ihn in Ruhe. Mecki schnüffelt und tippelt durch unseren großen naturbelassenen Garten. Er findet viele leckere Würmer, Käfer, Raupen und Schnecken.

Es hätte das Paradies sein können, wenn er wie andere Feldbewohner in die Hasenschule gegangen wäre. Aber eine Igelschule mit Verkehrserziehung gibt es leider nicht, und der Fortschritt mit immer mehr Straßenverkehr ist leider nicht mehr aufzuhalten. Vor Igeln, die im Dunkeln die Straßen langsam überqueren, stoppen die Autos oft nicht rechtzeitig. Und so muss Mecki mit Bedauern mitansehen, wie seine lieben Verwandten überfahren auf der Straße plötzlich ohne Abschied ihr Leben beenden. Warum dieses jedes Jahr immer wieder passiert, macht auch mich sehr traurig und ich überlege, ob man wie bei Krötenwanderungen Schilder aufstellen könnte. Mir bleibt bis jetzt nur übrig, sie am Beinchen von der Straße ins Gebüsch zu legen, wenn es um sie geschehen war, damit nicht ein weiteres Auto drüberfährt.

Dieses Jahr bin ich in den NABU, den Naturschutzbund, eingetreten und habe im Herbst ein großes Igelhaus mit dicken Brettern für den Garten meiner Kinder gekauft. Beim Bauern erbat ich eine Tüte voll Heu und Laub. Meiner kleinen Enkeltochter zeigte ich schon mal mit einem Deko-Igel, wie ein Igel überwintern kann. Bei mir im Garten liegt viel Eichenlaub von zwölf alten Eichen unter den Rhododendronbüschen, doch einmal harkte ich im Frühjahr versehentlich eine Igelkugel aus dem Laub. Bei meinen Kindern ist der Garten sehr aufgeräumt, aber sie entdeckten an der Efeuhecke und vor der Haustür einige stachlige Wanderer. Also schenkte ich ihnen das Igelhaus inklusive Heu.

Nur einen Tag später lag so eine stachlige Igelkugel bei mir mitten auf dem Rasen – wie süß! Mein Mann machte ein Foto. In Windeseile baute ich ihm eine Burg mit Kaminholzklötzen, bettete ihn auf Heu, legte Laub vor die Ritzen und packte eine Holzkiste vom Rotwein obendrauf, beschwert mit einem Holzklotz. Alles schön trocken unter dem Kaminholzüberstand. Komm gut durch den Winter, mein Lieber!

Fünf Minuten später klingelten die Nachbarskinder. Sie wollten mir ihren kleinen Igel zeigen, der über den Weg gelaufen war und jetzt von ihnen im Puppenwagen spazieren gefahren wurde. Man konnte den Kleinen in einer Schirmmütze sogar gut auf den Arm nehmen. Ich versuchte ihnen zu erklären, dass er sich aber jetzt noch schnell Futter suchen müsste, um dicker zu werden, und dann in aller Ruhe eine gemütliche, trockene und ruhige Ecke für den Winterschlaf brauche. Ja, sie hätten noch ein kleines Vogelhaus, so sagten sie. Am nächsten Tag war der Igel aber leider weggelaufen, obwohl ihr Vater schon eine große Apfelkiste hervorgesucht hatte. Vielleicht kommt er ja wieder?

Ich schaute ganz vorsichtig nach, ob mein mitteldicker Mecki noch in seiner Burg schlief. Ja, wie schön! Schlaf weiter! Du schaffst es! Zwei Tage später war der Rasen morgens weiß angehaucht vom ersten Nachtfrost. Optimales Timing – schöne Träume, mein Lieber!

Wo ist Tonia?

von Edeltraud Mietrach

Ein Gewitter zog auf, es wurde dunkler, und wir rafften schnell unsere Stühle, Tisch und Sonstiges zusammen, damit es nicht nass wurde. Wir waren mit dem Wohnwagen an der Mosel, zu dritt. Mein Mann fährt immer wieder gern in diese schöne Gegend. Unser Zeltplatz lag direkt am Fluss, einige Meter entfernt von einer kleinen Fähre, die auf die andere Seite fuhr.

Plötzlich hielten wir inne: Wo ist Tonia? Wir hatten in dem Schrecken nicht auf sie geachtet. Zuerst schaute ich unter unserem Wohnwagen nach, was nicht so leicht ist, da durch Verkleidungen gegen Zugluft, unsere Liegestühle und Fahrräder die Sicht versperrt war. Nichts zu sehen! Ach, stimmt ja, sie hat Angst vor Gewitter, und da sie viel besser hört als wir, hat sie sich wohl schon beim ersten Donnern in Sicherheit gebracht. Hunde haben ja bekanntlich ein viel besseres Gehör als Menschen, und Tonia ist unser kleiner Dackel. Überwiegend schwarz gefärbt, was im Dunkeln ein großer Nachteil ist. Wie oft wir unter den Wohnwagen geguckt und gerufen haben, wissen wir nicht mehr. Schließlich teilten wir uns auf und suchten das Moselufer ab. Laut rufend, durch den inzwischen strömenden Regen laufend, suchten wir nach unserem kleinen Angsthasen.

Als wir uns nach einiger Zeit wieder am Wohnwagen trafen, ohne Erfolg gehabt zu haben, beschlossen wir noch zur Fähre zu gehen. Der Fährmann und Tonia hatten sich verliebt, sie konnte nicht am Anleger vorbei, ohne zu schauen, ob die Fähre nicht vielleicht doch da oder in Sicht war. Auch er hat

während unseres Urlaubs überlegt, sich einen Hund zuzulegen, der dann immer mitfahren sollte. Aber auch dort: Nichts. Kein Hund weit und breit. Wer wollte bei solchem Wetter auch unterwegs sein? Also gingen wir betrübt, das Herz schwer und voller Sorgen und natürlich auch pitschnass wieder zum Wohnwagen zurück. Was sollten wir tun?

Als wir noch so beratschlagten, wer stand plötzlich wieder vor uns? Tonia! Die ganze Zeit hatte sie gut versteckt unter dem Wohnwagen gehockt und sich nicht gerührt. Schimpfen konnten wir ja nicht gut mit ihr, sie hatte einfach Angst gehabt, und wir waren viiieel zu froh, dass sie wieder bei uns war.

Ende gut, Urlaub gut!

Unser Liebling „Fidi"

von Helga Walter

Im Jahr 1972 zogen wir in die Bahnhofstraße nach Schierbrok und hatten damit das ganz große Los gezogen, eingerahmt von lieben, netten Nachbarn und gegenüber Hegelers Bauernhof. Ein kleiner Hof mit Kühen, Ponys, Kaninchen, Hühnern, Schweinen, Hund und Katzen.

Oma und Opa waren schon im Rentenalter, waren großzügig und hilfsbereit. Für uns und alle Nachbarskinder war das ein Paradies und realer Biologieunterricht.

Auf Hegelers Bauernhof kamen regelmäßig Ferkel auf die Welt. Für die Kinder war das jedes Mal ein großes Erlebnis. Bis auf ein Ferkel waren bei diesem Wurf alle gesund und munter. Aber dies eine konnte nicht laufen, fiel immer wieder auf die Knie. Unbemerkt hatte unser Sohn Ralf es unter seine Jacke gesteckt und heimlich in einem Fernsehkarton mit Stroh in unserer Garage versteckt. Wir zogen es auf. Es war so knuddelig, süß, anhänglich und sauber. Wir tauften es auf den Namen „Fidi". Von der Garage zog Fidi dann recht schnell in unsere Küche. Man glaubt ja nicht, wie schmusig diese Schnuffis werden. Inzwischen hatte Fidi gelernt, auf Knien zu laufen.

Eines Tages hatten wir eine Idee. Wir wollten Fidi baden und einen kleinen Super-8-Film drehen. Wir Nachbarn bereiteten alles vor. Oma Hegeler hatte das heiße Wasser schon auf dem Herd. Die kleine Zinkbadewanne stand mitten im Blumenbeet, sollte ja auch alles schön aussehen im Film. Zwei Eimer Wasser hatte Oma schon in die Wanne gegossen, sie war auf dem Weg, den dritten zu holen. Fidi wartete geduldig und schmusig auf

Nachbarin Monikas Arm. Dann kam der spannende Moment. Fidi wurde in die Wanne gesetzt. Himmel, wie von einer Tarantel gestochen schrie Fidi aus Leibeskräften, was die Kehle hergab. Wir standen wie angewurzelt daneben. In dem Moment kam Oma raus und schrie: „Hol gau dat Farken door rut, ick heff doch noch kien kolt Water in de Wann doon!" Wir schnappten uns Fidi und entschuldigten uns tausend Mal bei ihm. Gott sei Dank erholte er sich schnell von diesem Zwischenfall und badete danach wohlig in lauwarmem Badewasser.

Inzwischen war Fidi zu groß für unsere Wohnung. Opa baute ihm ein schönes Hock im Schweinestall. Die Zeit ging ins Land und Fidi hatte ein gutes Leben. Alle liebten ihn. Es vergingen Monate, da rief Oma mich eines Tages: „Kumm mol eben in de Köken, eck heff wat for di." Auf dem Tisch stand dampfende Hackgrütze; die aß ich für mein Leben gern. „Na, hätt se di good schmeckt? De weer nämlich von den lieben Fidi", sagte Oma und ich erschrak bis ins Mark, aber es war zu spät. – Aber so weer dat Leben op'n Buurnhoff!

Auf der Flucht 1945, mit der Schäferhündin Dina

von Erika Vogel

Im Januar 1945 war es in Westpreußen bitterkalt. Wir wohnten in einem kleinen Dorf unweit der Kreisstadt Konitz. Die Front kam immer näher, und so blieb auch unserer Familie nur die Flucht gen Westen.

Mein Vater hatte noch ein wichtiges Telefonat mit der Behörde im Kreishaus zu führen und musste dazu in den Nachbarort fahren. Der Gastronom und Kinobesitzer Zischke stellte sein Telefon der Allgemeinheit zur Verfügung. Er und seine Familie haben sich, als die große Fluchtwelle einsetzte, mit dem Zug auf den Weg gemacht und fanden später ein neues Zuhause in Bremen. Seine ausgebildete Polizeihündin Dina hätte er zurücklassen müssen, und so bat er meinen Vater, sie auf den Treck mitzunehmen.

Die Front kam bedrohlich näher. Am 28. Januar 1945 setzte sich die Wagenkolonne in Bewegung. Zur extremen Kälte kam noch kniehoher Schnee, der unser Vorankommen zur Schwerstarbeit machte. Die Pferde mussten an den Zügeln gezogen werden und unsere Hündin beschützte die fünf Wagen von unseren Familien. Das waren wir mit zwei Wagen, meine Großeltern und zwei Tanten von mir. In Schulgebäuden, Turnhallen oder nur Scheunen wurde die Nacht verbracht und die Wagen standen dicht beieinander. Dina hat auf einem unserer Wagen gelegen und das mitgenommene Hab und Gut für alle bewacht.

Vor Stettin gab es einen Engpass, denn alle wollten über die Oderbrücke. Auch auf diesem Abschnitt hat Dina auf unsere

140

fünf Wagen so geachtet, dass niemand dazwischen fahren konnte. Nach der Oderüberquerung ging es weiter. Die, die mit den Schlitten auf der Flucht waren, konnten nicht mehr weiter und mussten oft ihre Habe zurücklassen, weil jeder seinen Wagen bis an die Belastungsgrenze beladen hatte.

Für mich (ein Jahr, acht Monate) wurde es Zeit, dass ich nicht mehr bei meiner Mutter auf dem Wagen sitzen wollte. Ich wollte unbedingt laufen und wurde auf die Straße gestellt und neben mir Dina, die mich mit sanftem Biss am Mantelkragen packte und wieder auf die Beine stellte sobald ich auf der Straße lag.

Es ging weiter an Wismar vorbei, und in Lauenburg haben wir die Elbe mit der Fähre überquert. Die Brücke war zu dem Zeitpunkt bereits gesprengt, um den Feind aufzuhalten.

Nach sechs Wochen war unsere erste längere Bleibe in Ahlerstedt, Kreis Stade. Abseits des Dorfes hat eine Familie, er war Postbote, die Hündin zu sich genommen. Später kam sie zu einem Bauern, der meiner Tante mit ihrem dreijährigen Sohn und Vater eine vorübergehende Unterkunft anbot.

Als meine Brüder 1956 das Dorf besuchten, lebte die Hündin nicht mehr, aber ein ihr sehr stark ähnelnder Nachkomme war bei diesem Bauern.

Hätten meine Eltern und Brüder nicht so oft von dieser besonderen Hündin erzählt, würde ich nicht darüber schreiben können. Sie war während der Flucht für den gesamten Treck eine sehr große Hilfe, und hat durch das ständige Hin- und Herlaufen mindestens zweimal die Strecke bewältigt.

Dina war eine außergewöhnliche Hündin. Sie gehörte uns nicht, denn wir haben sie nur mitgenommen und konnten sie nach der langen Flucht auf einem Bauernhof abgeben.

Miene Katt Sweety

von Irmgard Müller

Dat weer in Winter 2013. Buten harr dat froorn un beten Schnee weer ok fullen. An eenen Dag keem ik mit mien Auto na Huus. Dor stunnen dree Froolüü mitten up de Straat. Ik heff anholen un wull weeten, wat de so wichtget to vertellen harrn.

Jo – dat gung um eene Katt, de dor all Dage lang afmagert un struppig rumleep.

Ja ik kreeg dat Deert nu ok to seihn – de Katt seehg wirklich schlimm ut. Dat weer so eene dreeklöörde (witt, schwatt un hellbruun). Man nennt de ok „Glückskatt" – over dor seehg disse Katt nich na ut!

De eene von den Nabersfroon kann dat nich mehr mit ankieken un lockte de Katt in ehr Huus. Se geven ehr den Namen „Sweety", dat is englisch un heet so veel wi „Seute".

Nu weern wie all beruhigt – de Katt is nu good uphoben. Dachten wi ... Na dree Dag leep Sweety woller buten rum – wat weer passeert? De Keerl von de goode Nahbersfroo harr 'ne Kattenallergie. He kunn nich mehr ut de Oogen kieken. Nu weer alln's woller so wi vorher. Wat nu? Eene annere Nahbersfroo hett nu gau dat Tierheim anroopen un reep ganz luut: „Morgen kummt de Katt in't Heim." Ik glöv, dat hett Sweety hört un verstahn.

An den selben Abend so gegen 11:00 Uhr passeerde dat Ungewöhnliche! Ik leeg all in mien Bett un hör jümmer so lieset Geräusch achter mien Kamerfenster. Gau heff ik de Terassendör open makt un wer leeg dor un keek mi mit ganz groote bange Oogen an? – De lüttje Sweety! Disse Oogen kann ik in mien ganzet Leven nich vergeeten.

Ik wuss nu ook, wat de Katt mi seggen wull. „Bitte help mi, ik will nich in't Tierheim – ik heff Angst!"

Nee, heff ik dacht, dor kummst du ok nicht hen!

An'n nächsten Dag heff ik gau all's inkofft, wat so een Katt bruukt.

Nu is se all fief Jahr bi mi. Se hett sick good verholt un is so anhänglich. Leider weet ik nich, wi oolt se is, woher se kummp, of se Kinner hett?

Up eene Saak mutt ik duchtig uppassen. Wenn buten Arbeiters togange sind un de Dören von ehr Auto open stahn loot, denn springt Sweety dor fors rin. Wenn de Arbeiters denn Fierabend hefft, klappt se de Dörrn to un fohrt weg. Over dissen Weg ist miene Katt mal von irgendwo hierher kamen! Woher?

Se kann mi dat nich vertell'n.

Gefiedertes Familienglück – Ein Tiermärchen

von Ingeborg Biallas

Als damalige Heimbeiratsvorsitzende und Gründerin des Fördervereins für das Alten- und Pflegeheim „Waldesruh" lagen mir nicht nur die dort lebenden Bewohner am Herzen, sondern auch die dort lebenden Tiere.

Das Pflegeheim „Waldesruh", das heute den Namen trägt „Seniorenzentrum Haus am Wald", liegt, wie der Name schon sagt, direkt am Wald. Eingebettet in die Natur und idyllisch für Mensch und Tier bestanden also gute Voraussetzungen, dort auch Tiere zum Wohl der Heimbewohner zu halten.

Durch den damals vorhandenen Brunnen konnte ein kleiner Teich mit Wasser gespeist werden. Das war ideal für ein paar Gänse, die dort am Rande des weitläufigen Grundstücks in einem kleinen Gehege gute Lebensbedingungen hatten. Natürlich gab es auch einen Stall. Und ein Obstbaum spendete Schatten, wenn die Sonne zu heiß vom Himmel brannte.

So lebten dort seit Jahren in trauter Einigkeit oder besser gesagt in einer „Gänse-Ehe" ein alter Ganter mit einer Gans. Wie man sagt, sollen Gänse tatsächlich über Jahre hinaus treu miteinander zusammen leben. Und so war es auch in diesem Fall.

Doch im Winter 2004 geschah das Unglück. Es war gewiss ein Fuchs gewesen, der die Gans gestohlen hatte. Jeder, der den verlassenen Ganter beobachtete, konnte erkennen, dass das Tier sich verändert hatte. Die Einsamkeit bekam dem Ganter nicht gut. Sein Verhalten ließ mich seine Trauer erkennen. Und auch die Bewohner des Pflegeheims waren traurig darüber, dass der Ganter nun ein einsames Leben führen musste.

Einer guten Bekannten – sie war Landwirtin aus Bookholzberg – erzählte ich davon. Und spontan erklärte sie sich bereit, mir bei der Suche nach einer neuen Gänse-Frau zu helfen.

Nach kurzer Zeit wurde meine Bekannte in ihrer Nachbarschaft fündig und konnte eine junge Gans für unseren Ganter-Witwer erstehen. Sie brachte die Gans persönlich in einer Kiste zu mir. Gemeinsam setzten wir beiden Frauen die junge Gans in das Gehege des Ganters. Wir konnten beobachten, dass die beiden Gänse sich sofort aufeinander zu bewegten und interessiert aneinander waren. Das sah nach Erfolg aus. Nun war wohl die einsame Winterzeit für den Ganter vorbei. Außerdem hatten wir bereits Frühling.

Es dauerte nicht lange, bis wir erkennen konnten, dass aus Interesse Zuneigung geworden war. Es schien so, als ob der Ganter einen zweiten Frühling erlebte. Die junge Gans hatte ihn völlig verändert. Niemand hätte damit gerechnet, dass er noch einmal Nachwuchs zeugen könnte. So war die Überraschung und Freude bei den Heimbewohnern riesengroß, als tatsächlich nach ein paar Wochen vier kleine Gössel geschlüpft waren. Und groß war natürlich auch meine Freude, mit diesem besonderen Ereignis ein wenig Abwechslung in den Heimalltag gebracht zu haben. Denn bei den Bewohnern, die in erster Linie aus dem ländlichen Bereich kamen, wurden Erinnerungen an ihre Kindheit und Jugend wach durch den jungen gefiederten Nachwuchs.

Der Kindersegen im Gänsegehege war nun Gesprächsthema im Seniorenheim. Täglich bekam die junge Gänsefamilie Besuch von den Senioren. Manche brachten Brotkrümel zum Füttern mit. Doch mit Argusaugen verfolgte der Gänsevater, dass ja niemand sich seinen Gösseln zu sehr näherte.

Doch wie das im wirklichen Leben so geht – aus kleinen niedlichen Gösseln werden gegen Weihnachten ausgewachsene Weihnachtsgänse. Das ist der Lauf der Welt. Allerdings wollte selbstverständlich keiner der Senioren einen Weihnachtsbraten von den nun erwachsenen Gänsen essen. Sie wurden verkauft, und von dem Erlös gab es eine Weihnachtsüberraschung für alle Bewohner.

Mir war klar geworden, wie gut und nützlich Tiere für den Heimalltag der Bewohner sein können. Aus diesem Grunde habe ich mich in den vergangenen Jahren immer wieder eingesetzt, wenn es darum ging, Tiere anzuschaffen und sinnvoll zu integrieren.

Und letztlich hat es mich auch glücklich gemacht.

Dor brummt een groot Deert!

von Waltraut Holldorf

Eens gooden Dag's käm us Tant' Erna na Huus. Se klingelde immer bi us. Mama mak de Döör oben. Tant' Erna weer ganz opreegt un sä: „Erna ik heff so Angst, boben brummt een ganz groot Deert, ik mag nich' na boben hen, helpst du us un geihst mit?" Mama sä: „Wat schall dor woll for een groot Deert ween un wi kummt dat dor hen?" Se bewaffnet'n sick mit usen Kartuffelstamper, dat weer jümmer ehr Waffe, wenn't mal brenzlig wurrd', un dat gung na boben. Dat Rätsel wer gau löst!

Eene ganz dicke Hummel harr sick verirrt un kunn nich na buten woller hen! Man moß ehr helpen. Mama holde 'ne Ledder, holde de Hummel von't Fenster weg, nehm se op de Hand und drög se na buten.

So weer dat groote Deert ok noch an' Leven bleben.

Unsere Schafe

von Annelore Einemann

Die Geschichte um unsere Schafe begann mit einer Einladung unseres Nachbarn zu einer Party auf seiner „Ponte Rosa". So nannte er sein Grundstück im Brook. Es waren viele nette Leute eingeladen, und wir staunten über die hübsche Anlage mit schönen, blühenden Anpflanzungen, einem Gartenhaus, und besonders gefiel allen der große Fischteich. Er war besetzt mit Karpfen, und wir durften alle auch mal angeln. Als wir dann spät nach Hause gingen, blieb dieser herrliche Sommerabend uns noch lange im Gedächtnis.

Nur kurze Zeit darauf wurde uns ein Grundstück im Brook, damals eine Weide, 1 ha groß, zum Kauf angeboten. Mein Mann war begeistert und plante ein Freizeitgrundstück, natürlich mit einem Karpfenteich. So geschah es, ein Teich wurde ausgebaggert und die Erde rings herum zu einem Wall aufgeworfen. Es wurden jede Menge Fichten angepflanzt und der Rasen neu eingesät. Am Ende des Grundstücks floss die Dummbäke. Man hörte die Vögel, und abends sah man Rehe. Eine Idylle.

Aber bald bemerkten wir auch die Kehrseite dieser Idylle. Das Gras wuchs und wuchs, Rasenmäher, Sense, das artete in Arbeit aus. Zuerst wurde jetzt der Teich vergrößert, um die Grasfläche zu verkleinern. Dadurch entstand eine Insel, herrlich! Mein Bruder baute eine Brücke aus Alu, auch wunderschön.

Doch das Gras wuchs und wuchs. Der rettende Gedanke war: Wir brauchen Schafe. Schafe als Rasenmäher.

Ein Bekannter, ein Schlitzohr, besorgte uns zwei wunderbare

Schafe aus der Wesermarsch. Später hat er uns dann grinsend erzählt, dass beide Schafe belegt waren, und somit hatten wir im Frühjahr bereits sechs Schafe. Jedes Schaf bekam zwei Lämmer.

Im Winter hatten wir die Schafe nach Hause geholt und sie liefen jetzt hinterm Haus, im Garten. Unser Garten ist seitlich von einer Hecke mit Brombeersträuchern begrenzt.

Eines Nachmittags hatten sich die zwei älteren Schafe durch die Hecke gedrängt und liefen durch das Nachbargrundstück zu einer kleinen, offenen Pforte. Beide Schafe waren umkränzt mit den Brombeerranken aus der Hecke, und so standen sie dann vor der Kirchentür.

Inzwischen war man auf die Schafe aufmerksam geworden, und die Kinder aus der Nachbarschaft kamen angelaufen und riefen aufgeregt: „Onkel Heino, deine Schafe stehen vor der Kirche!" Als wir dann vorne aus dem Fenster sahen, kamen unsere Schafe in großem Tempo angaloppiert, liefen über die Straße und standen wieder im Garten. Uns saß der Schreck noch in den Gliedern, und sofort danach wurde eine Haftpflicht-Versicherung für die Schafe abgeschlossen.

Allmählich wurden die Schafe zu einer Last. Die Klauen mussten beschnitten werden. Weil wir natürlich keine Ahnung hatten, musste der Tierarzt kommen. Die Schafe mussten wieder zum Bock in die Wesermarsch. Transportiert wurden sie immer mit einem Firmenbus. Das kannten sie schon, und sie mochten gerne Bus fahren. Aber wir hatten hinterher die Arbeit, den Bus zu reinigen.

Es blieb nicht bei den sechs Schafen. Es waren zum Schluss 16 Schafe. Etliche wurden verkauft, und zum Schluss übernahm unser Nachbar den Rest. Wir waren um eine Erfahrung reicher geworden.

Das weinende Kindergesicht

von Hans-H. Hubmann

Eine wunderschöne Blauzeder in unserem Vorgarten ist der Auslöser einer tragischen Tiergeschichte.

Das von uns bewohnte Haus im Ortskern von Ganderkesee soll um ein Treppenhaus erweitert werden. Der Architekt hat hierfür die Pläne vorbereitet und die Handwerker können beginnen. Leider muss aus diesem Grund eine 25 Jahre alte Blauzeder, die an der Stelle steht, gefällt und die Wurzeln ausgegraben werden.

Wie es immer so schön heißt: „Selbst ist der Mann", ist der Baum schnell gefällt. Dann aber das Schwierigste, das Ausgraben der Wurzel. Langsam, Schaufel für Schaufel wird die Erde entfernt. Doch was war das? Ein kleines Loch zeigte sich an der Wurzel. Die fest geglaubte Erde ist locker und das tiefe Buddeln ist leicht. Mehr und mehr Erde bringt der Aushub. Und siehe da, in der Tiefe der Höhle liegen fünf bewegliche graue Wollknäuel.

Unvermutet sind wir auf einen Wildkaninchenbau gestoßen. Die kleinen schon behaarten Kaninchen, sechs an der Zahl, liegen vor uns. Sogleich ist es klar, die kleinen Wesen müssen vorsichtig geborgen und versorgt werden. Eine kleine Holzkiste ist gefunden und im warmen Heizungsraum platziert. Die kleinen Kaninchen machen es sich in der Kiste mit Nestern aus Watte gemütlich. Eine Wärmelampe bringen wir über der Kiste an. Sie bringt die nötige Wärme. So haben es die behaarten Waisen mollig warm.

Ein Tierarzt berät uns über den Speiseplan. Petra, unsere

Tochter, übernimmt die Fütterung. Milch, verdünnt mit Wasser soll den Durst stillen. Aber wie soll die Milch verabreicht werden? Ein kleines Liebesperlenfläschchen aus der Puppenstube unserer Tochter ist die Lösung. Erst schnüffeln die Babys daran und auf einmal trinken sie. Richtig sattgetrunken fallen sie in den Schlaf.

Am zweiten Tag morgens entdeckt Petra ein totes Kaninchen im Nest. Voller Trauer beginnt der Tag. Von sechs sind es nur noch fünf. Sie werden nun noch mehr gepflegt und mit allem Nötigen versorgt. Aber schon am gleichen Abend ist der nächste Trauerfall zu verzeichnen. Nun sind es noch vier. Trotz aller Bemühungen nimmt das Schicksal seinen Lauf. Am nächsten Morgen sind noch zwei weitere tote Kaninchenbabys zu beklagen. Eine schwere Entscheidung ist jetzt zu fassen. Die letzten beiden kleinen Kaninchen, die schon Salat auf ihrem Speisezettel hatten, werden wir in die Freiheit, in die natürliche Umwelt entlassen.

So fahren Petra und ich in den Bürsteler Fuhrenkamp und setzen sie dort an einer geschützten Stelle ab. Doch was war nun, beide kleinen Wesen laufen diametral auseinander. Das ist nun für unsere Petra überhaupt nicht verständlich. „Sie verlieren sich doch, sie finden sich niemals wieder." Das weinende Kindergesicht über den Trennungsschmerz verdeutlicht doch, welche emotionalen Vorgänge die Kinderseele belasten.

Meine Erklärungen, dass sich die beiden Geschwister, wenn wir Menschen nur weit genug weg sind, wiederfinden werden, beruhigte sie mehr und mehr. Schließlich konnte der Schmerz über den Verlust der kleinen Kaninchen durch einen Eisbecher im Eiscafé „Gondola" bei Paola in der Ganderkeseer Rathausstraße ein wenig gelindert werden.

Die Vogelwelt

von Hannelore Kemper

Ach die Vögel! Welches ist wohl der schönste heimische Vogel, und welcher Vogel singt am besten? Zu dem Futterhaus auf unserer Terrasse kamen immer viele, verschiedene, hübsche Vögel, so dass es eine Lust war, sie zu beobachten, wenn sie das ausgestreute Futter suchten. Unser kleinster Vogel ist das Goldhähnchen. Es gibt das Sommer- und das Winter-Goldhähnchen. Beide hübsch bunt gezeichnet, sehen sie sich sehr ähnlich. Sie bauen wunderschöne Hängenester, meistens in Nadelbäumen. Das Wintergoldhähnchen finden wir wohl kaum an unseren Futterplätzen. Es kommt in wenigen Tagen von den nordischen Ländern über die Ostsee zu uns geflogen und braucht deshalb sehr viel Kraftfutter. Es frisst Fleisch, Insekten und andere Tiere und kleine Körner, deshalb sehen wir es äußerst selten an unseren üblichen Futterplätzen. Wenn die Winter sehr streng sind, sterben viele dieser zarten Vögel. Deshalb ist es für die Erhaltung der Art sehr wichtig, eine große Zahl von Nachkommen zu haben. Das Weibchen brütet zweimal im Jahr und legt in jedes Nest sieben bis zehn Eier.

Nur wenig größer als Goldhähnchen ist unser Zaunkönig, der sehr unscheinbar aussieht und sein Nest meistens versteckt in niedrigen Hecken baut und nur so viel wiegt wie ein Brief, etwa 20 Gramm. Sie treffen sich mit den frechen Sperlingen oder Spatzen, wie man sie nennt, den bunten Meisen und Finken, den dicken Drosseln und noch manch anderen Vögeln. Spatzen stibitzen gern den anderen Vögeln die besten Körner weg. Aber die dicken Drosseln sind noch dreister. Sie verscheuchen andere Vögel bei der Futtersuche. Dafür singen sie aber besonders schön. Schon morgens früh beginnen sie ein langes fröhliches Repertoire ihrer Lieder zu singen. Zu den Drosselvögeln gehört auch die Nachtigall. Ihr Gesang ist einmalig schön. Aber man hört oder sieht sie nur sehr selten. – Mit ihr hatte ich ein besonderes Erlebnis. Es war einige Jahre nach dem Zweiten Weltkrieg. Allmählich waren die meisten deutschen Soldaten aus der Kriegsgefangenschaft zurück und fanden wieder Arbeit in ihren Berufen, oder hatten etwas Neues angefangen. Die damaligen Kriegskameraden besuchten sich nun und freuten sich, dass sie sich nach einigen Jahren wiedersahen und erzählten aus alten Kriegserlebnissen und aus ihrem jetzigen Leben mit der Familie und ihrer Arbeit. Unsere Cousine und ihr Mann hatten sich selbstständig gemacht und sie führten in Lilienthal „Murkens Gasthof", ein wunderschönes traditionelles Anwesen in einem schönen Park gelegen. Der Kriegskamerad von unserem Vetter war Herr Majowski, der Dirigent der „Bückeburger Jäger". Er kam mit seinem ganzen Orchester nach Lilienthal. Am Sonntagnachmittag war ein Konzert angesagt. Es war herrliches Wetter, und so konnte alles im wunderschönen Garten stattfinden. Für die Nacht war noch einmal etwas ganz Besonderes im dunklen, nur schwach mit Fackeln erleuchteten Park angesagt, und zwar: „Der Zapfenstreich". So wenige Jahre nach dem Kriegsende ein besonders bewegendes Erlebnis! Diese feierliche Zeremonie wurde nur zu besonderen Anlässen, im Allgemeinen in dunkler Nacht mit vielen Soldaten und Fackelträgern aufgeführt. Wenn zum Beispiel ein Bundespräsident nach langer Amtszeit, oder ein anderer Volksvertreter verabschiedet wurde. Aber das Konzert fand auch bei anderen Gelegenheiten statt, so auf einem Polizeifest im Bremer Sport-Stadion, und heute nun spielten die „Bückeburger Jäger" im Garten von

„Murkens Gasthof" in Lilienthal. Viele Leute waren herbeigeströmt, um den Zapfenstreich zu erleben. Er bestand aus verschiedenen Musikstücken. Wurde eine besondere Person damit geehrt, durfte sie einen Musikwunsch äußern, der dem Konzert dann eingefügt wurde. Und nach jedem Musikteil gab es eine Pause und es wurde sehr still.

Es war ergreifend, wenn so ein großes Orchester in dunkler Nacht bei Fackelschein spielte: „Ich bete an die Macht der Liebe", oder die Flötisten die bekannte „Locke" spielten. Die „Locke" war von den Musikern wunderbar, wie ein Lockruf der Vögel dargebracht worden, mucksmäuschenstill warteten nun die Gäste auf das nächste Musikstück. Und dann kam die Überraschung. Wir hatten eine Nachtigall im Garten. Plötzlich setzte sie in der Stille mit ihrem Gesang ein, als wollte sie uns lange Antwort auf die „Locke" geben! Wir hatten großes Glück mit dem Wetter. Es war eine wunderschöne Sommernacht! Und alle Menschen, die dabei waren, werden das militärische Konzert des Zapfenstreiches in dieser Nacht, die Fackelträger und den Gesang der Nachtigall sicher nicht vergessen.

Een Pony mit Kater

von Rita Bande

Disse Geschichte is wohhaftig wohr, wo dat lüttje Pony een „Kater" haar. As ik noch en Kind weer, hebbt miene Ollern for miene beiden Broers un mi een Pony kofft, een Shetty-Wallach. Wi kennen von een Fernsehserie jo den swarden Hingst „Fury", een wunnerschönet groot Perd. He kunn all'ns, weer ok teemlich wild („Fury" heet översett *„Wut"*). Use Pony weer aber ganz leev, he weer blos negenundnengzig cm groot und ok fast so dick! He weer ganz tamm, dat Gegendeel von „Fury". So hett he von us den Namen „Bimbo" kregen. So heet een Elefant in een Zoo damals. Dat passte to em.

Wi Kinner kunn' up em rieden un rummturn'n. He passte best to us. Wenn wie speelt hebbt, denn kunn'n wi em eenfach afstellen. Bimbo hett Grass freeten oder sick in dat Grass packt un slapen. He leep nich weg.

Mit use Nahberschup „uppe Höch" in Habbroch funn wi jümmer een Grund to'n fiern, ok bi dat Hochtiedsjubiläum von use Ollern Anfang de zemziger Johr'n. Dor gung dat hoch her, Sluck un Beer gehör'n dorto – un Bimbo ok. All harrn dat lüttje Pony leev, weil dat jo so leev weer un sick all'ns gefall'n leet. Een Nahber hett em stillkens inne Stuv rinholt. Dat weer jo wat ganz besunners, de Fronslü denn een nananner rupp up dat Pony. Dor harrn se ehr Pläseer mit. Se kemm'n up de Idee, dat dat Pony ok woll een lüttjen Sluck suupen kunn. Seggt, doon! Bimbo lickte all'ns up, hett em woll good smeckt!

Wi Kinner weern jo in Bett un hebbt von dat ganze Spektakel nix mitkregen. Annern Dag wull'n wi ne Kutschfohrt maken,

Bimbo wurrt anspannt un denn gung dat los. Ditmal klappte dat mit Bimbo nich so recht, he harr just n'poor Träer lopen, do gung dor gor nix mehr. He harr kien Lust mehr un packte sick vor de Kutsche hen. Wat bleev us over. Wi mossen utspannen un de Kutsche sülms na Huus hentrecken. Use Bimbo käm leev achteran.

Dor kämen use Ollern dor mit rut, wat de Nahbers so nachts mit usen Bimbo makt harrn! Nu wussen wi Bescheed un kunn' us dor een Riem up maken, worum Bimbo so möer weer – he harr een „Kater"! He hett sik over gau woller verholt.

Bimbo hett darna noch, as he old weer, bi usen Nahber sien Gnodenbrot kreegen, wi man so schön seggen deit. He is veertig Johr old wurrn.

Der Regenwurm

von Jochen Brünner

Dann war da noch der Regenwurm,
der wollte einen Aussichtsturm
nach alter Handwerkskunst erbauen.
Was würde er nur darum geben,
das Gras ein einz'ges Mal im Leben
in Ruh' von oben anzuschauen.

Sofern die Ameisen nicht stören,
kann er das Gras zwar wachsen hören –
Musik, wie nicht von dieser Welt.
Doch so ein Wiesen-Panorama
ist besser als ein Shakespeare-Drama
und jedes Kunstwerk für viel Geld.

Der Maulwurf sprach: „Hey Regenwurm,
ich halte diesen Aussichtsturm
jetzt ganz im Ernst doch für entbehrlich.
Da kommt ein Vogel und im Nu
schnappt er kurz nur einmal zu –
nein, das ist wirklich zu gefährlich!"

Der Wurm will davon gar nichts hören,
er lässt sich deshalb auch nicht stören,
und baut einfach immer weiter.
So arbeitet er unverdrossen,
aus den Halmen werden Sprossen,
und plötzlich steht da eine Leiter.

Die lehnt er dann an einen Baum,
klettert behänd', man glaubt es kaum,
hinauf, den Traum sich zu erfüllen.
Der Regenwurm ruft „Oooh" und „Aaah",
die Aussicht ist so wunderbar –
er kann den Hunger gar nicht stillen.

Da hockt ein Vogel hinterm Blatt,
der heut' noch nicht gefrühstückt hat.
Er fliegt heran, dann macht es schnapp!
Der Wurm, vor Panik schon ganz blass,
sprang schnell hinab ins weiche Gras.
Aber mal ehrlich: Das war knapp!

Der Affe Chicco

Dies ist eine Geschichtensammlung, die viele „Väter" hat.

Zum ersten Mal wurde von Chicco in einer Frühstücksrunde in der Evangelischen Kirchengemeinde in Schönemoor erzählt. Erinnerungen waren hervorgekramt und in die Runde geworfen worden, und dann hieß es zum Thema Tiergeschichten: „Da war doch mal ein Affe, den hatte ein Seemann mitgebracht, der bei Logemann oder seinem Vorgänger in der Gaststube am Tresen viel Zeit verbrachte. Eines Tages war es dem Affen unter den Betrunkenen wohl zu langweilig, und er flitzte in die Krone einer großen Eiche vor dem Haus. Es hat Tage gedauert, bis er wieder runter kam. Das ganze Dorf hat jeden Tag nachgeschaut, ob der Affe noch auf dem Baum sitzt." Eine Sensation für Schönemoor in den 60er Jahren des vorigen Jahrhunderts.

Und dann tauchte Chicco in der „Waldschänke" am Fernsehturm in Steinkimmen auf. Benni Köhler hatte hier 1955 neben seinem Restaurant einen bunten Kinderspielplatz mit Tiergehege aufgebaut. Viele Familien nutzten den Wochenendausflug für ein leckeres Essen nach Hausfrauenart, für das Hildegard und Benni Köhler bekannt waren – und die Kinder waren auch zufrieden, denn der Spielplatz mit den selbst gebauten Geräten bot viel Abwechslung. Heute ist Anja Köhler, die Enkelin von Benni Köhler, Inhaberin der „Waldschänke" am Fernsehturm. Anja Köhlers Vater Uwe erinnerte sich an die Zeit, als Chicco zur Hausgemeinschaft gehörte. An seiner Leine fühlte sich Chicco sehr wohl, wie Fotos beweisen.

Auch in einigen Ganderkeseer Familien wurde vom Affen in

der „Waldschänke" erzählt, aber ohne konkrete Hinweise.

Damit diese Geschichtensammlung ein Happy End bekommt, hofft der Seniorenbeirat, dass sich Leser des Buches erinnern, die etwas zur Lebensgeschichte von Chicco beitragen können.

Um eine Nachricht an den Seniorenbeirat der Gemeinde Ganderkesee wird gebeten.

Herausgegeben vom Seniorenbeirat der Gemeinde Ganderkesee
sind in dieser Reihe bereits erschienen:

Senioren erinnern sich –
Was es heute so in Ganderkesee
nicht mehr gibt!

ISBN 978-3-7386-4094-6,
Erschienen: 2012

Senioren erinnern sich –
Tradition und Brauchtum

ISBN 978-3-7386-4094-6,
Erschienen: 2015

Beide Bücher sind erschienen bei Books on Demand GmbH, In
de Tarpen 42, 22848 Norderstedt, Deutschland.